D1727285

Das Buch

Dass Luis den Sommer in einem Ferienlager verbringen soll, passt seiner Freundin Rose Rita überhaupt nicht in den Kram. Zum Glück jedoch gibt es die alte Mrs. Zimmermann, die mit ihr einen abenteuerlichen Ausflug zu dem Bauernhof unternimmt, den sie von ihrem Cousin Oley geerbt hat. Als sie dort ankommen, finden sie das Gut völlig verlassen vor – und der Ring, der angeblich magische Kräfte besitzt und dort für sie zurückgelegt sein soll, scheint vom Erdboden verschluckt. Mrs. Zimmermann und Rose Rita müssen befürchten, dass der Zauberring in die falschen Hände geraten ist – die Hände einer Person, die großes Unheil anrichten will ...

»In seinen zauberhaften Geschichten um Luis Barnavelt und Rose Rita Pottinger verbindet Bellairs erneut leichte Erzählung mit magischer Spannung.«

Washington Times

Der Autor

John Bellairs (1938–1991), anerkannter Bestseller-Autor von zahlreichen Kinder- und einigen Erwachsenenbüchern, darunter *The Face in the Frost*.

Das Rätsel des verwunschenen Rings bildet nach *Das Geheimnis der Zauberuhr* (01/13364) und *Der magische Schatten* (01/13407), beide von der *New York Times* zu den ›Besten Büchern des Jahres‹ gekürt, den dritten Teil der beliebten Luis-Barnavelt-Serie. Alle Titel sind bei Heyne erschienen.

JOHN BELLAIRS

Das Rätsel des verwunschenen Rings

Roman

Aus dem Amerikanischen von
Angelika Naujokat

WILHELM HEYNE VERLAG
MÜNCHEN

HEYNE ALLGEMEINE REIHE
Nr. 01 / 13408

Die Originalausgabe
THE LETTER, THE WITCH, AND THE RING
erschien bei The Dial Press, New York 1976
und in einer Neuausgabe
bei Puffin Books / Penguin, New York 1993

Umwelthinweis:
Dieses Buch wurde auf
chlor- und säurefreiem Papier gedruckt.

Taschenbuchausgabe 06/2001
Copyright © 1976 by John Bellairs
Copyright © der deutschsprachigen Ausgabe 2001
by Wilhelm Heyne Verlag GmbH & Co. KG, München
Printed in Germany 2001
Umschlagillustration: Anke Siebert
Umschlaggestaltung: HAUPTMANN & KAMPA
Werbeagentur, CH-Zug
Satz: Schaber Satz- und Datentechnik, Wels
Druck und Bindung: Ebner Ulm

ISBN: 3-453-19422-5

http://www.heyne.de

Für meinen Sohn Frank

Nein, nein, NEIN! So 'ne dämliche Uniform zieh ich nicht an!« Rose Rita Pottinger stand in der Mitte des Kinderzimmers. Sie trug nichts weiter als ihre Unterwäsche und starrte ihre Mutter, über deren Arm eine frisch gebügelte Pfadfinderuniform lag, mit zornig blitzenden Augen an.

»Ojemine, was mach ich denn jetzt bloß damit?«, erkundigte sich Mrs. Pottinger mit matter Stimme.

»Schmeiß sie weg!«, schrie Rose Rita. Sie riss ihrer Mutter die Uniform vom Arm und warf sie auf den Boden. Rose Rita standen die Tränen in den Augen. Ihr Gesicht fühlte sich ganz heiß und rot an. »Nimm sie mit und steck eine Vogelscheuche rein! Zum letzten Mal, Mom, keine zehn Pferde kriegen mich zu den Pfadfindern! Ich will nicht in dieses blöde Kitch-itti-Kippi-Sommerlager fahren. Ich will keine Marshmallows rösten und fröhliche Liedchen trällern. Ich werde den ganzen, grausigen Sommer damit verbringen, einen Tennisball mit meinem Baseballschläger gegen die Hauswand zu klatschen, bis ich es so … so … so leid bin, dass …« Rose Rita verstummte. Sie schlug die Hände vors Gesicht und brach in Tränen aus.

Mrs. Pottinger legte den Arm um ihre Tochter und schob sie sanft zum Bett hinüber, damit sie sich hinsetzen konnte. »Aber, aber«, sagte sie und tätschelte Rose Ritas Schulter. »Ist doch alles bloß halb so schlimm …«

Rose Rita nahm die Hände vom Gesicht. Sie zerrte sich die Brille von der Nase und starrte ihre Mutter mit verheulten Augen an. »Von wegen! Tausendmal schlimmer ist es. Einfach grauenhaft! Ich wollte den Sommer mit Luis verbringen, eine schöne Zeit haben, und jetzt fährt er in so ein doofes Pfadfinder-Sommerlager für Jungs. Da bleibt er, bis die Schule wieder anfängt, und ich sitze in diesem langweiligen Kaff, habe nichts zu tun und keinen, mit dem ich Spaß haben kann.«

Mrs. Pottinger seufzte. »Ojemine, aber vielleicht findest du ja einen anderen Verehrer.«

Rose Rita setzte ihre Brille wieder auf und warf ihrer Mutter einen giftigen Blick zu. »Mom, wie oft muss ich dir noch sagen, dass Luis nicht mein *Verehrer* ist. Er ist mein bester Freund, ganz genau so, wie es Marie Gallagher mal gewesen ist. Ich kapiere nicht, warum das so anders sein soll, bloß weil er ein Junge ist und ich ein Mädchen bin.«

Mrs. Pottinger lächelte ihre Tochter geduldig an. »Na ja, mein Schatz, es ist nun mal anders und das musst du auch begreifen. Luis ist jetzt zwölf und du bist dreizehn. Ich glaube, wir beide sollten über dieses Thema mal einen kleinen Schwatz halten, was meinst du?«

Rose Rita wandte sich ab und beobachtete eine Fliege, die an der Fensterscheibe herumsummte. »Ach, Mom, ich hab keine Lust auf einen kleinen Schwatz. Jedenfalls nicht jetzt. Lass mich einfach in Ruhe, ja?«

Mrs. Pottinger zuckte mit den Schultern und stand auf. »Na schön, Rose Rita. Wie du willst. Was schenkst du Luis übrigens zum Abschied?«

»Ich hab ihm einen original Pfadfinder-Feueranzünder-Werkzeugkasten gekauft«, erwiderte Rose Rita mürrisch. »Und weißt du was? Ich hoffe, dass er sich damit ordentlich die Finger verbrennt!«

»Aber, aber, Rose Rita«, entgegnete ihre Mutter beschwichtigend. »Du meinst doch gar nicht, was du da sagst, Kind.«

»Was tu ich nicht? Jetzt hör mir mal gut zu, Mom ...«

»Bis nachher dann, Rose Rita«, schnitt ihr die Mutter das Wort ab. Mrs. Pottinger war nicht in der Stimmung, die schlechte Laune ihrer Tochter noch länger zu ertragen. Nicht mehr lange und sie würde die Geduld verlieren.

Sie stand auf, verließ das Zimmer und schloss die Tür leise hinter sich. Rose Rita blieb allein zurück. Sie warf sich auf ihr Bett und weinte. Sie weinte ziemlich lange, aber statt sich danach besser zu fühlen, ging es ihr nur noch schlechter. Sie stand auf und blickte sich wütend im Zimmer um. Gab es denn gar nichts, was sie aufheitern könnte? Wie wär's, Baseballschläger und Ball zu nehmen und zum Sportplatz runterzugehen, um ein paar Flugbälle zu schlagen? Das brachte sie normalerweise immer auf andere Gedanken. Rose Rita öffnete die Tür ihres Kleiderschranks und sofort überfiel sie aufs Neue grenzenlose Traurigkeit. Dort hing einsam an einem Nagel ihre schwarze Plüschmütze. Sie hatte sie jahrelang getragen, aber jetzt kam ihr das albern vor. Ein halbes Jahr schon war die schwarze Mütze da im Schrank und verstaubte. Aus irgendeinem merkwürdigen Grund brachte sie dieser Anblick schon wieder dazu, in Tränen auszubrechen.

Was war bloß los mit ihr? Rose Rita hätte eine Menge dafür gegeben, das zu erfahren. Vielleicht hatte es was damit zu tun, dreizehn zu sein. Sie war jetzt ein Teenager und kein Kind mehr. Im nächsten Frühjahr würde sie in die siebte Klasse gehen. Wer in die siebte und die achte Klasse ging, besuchte schon die Mittelschule. Die Mittelschule befand sich in einem großen, schwarzen Steingebäude direkt neben der Oberschule. Die Kinder, die zur Mittelschule gingen, hatten alle Schließfächer in den Fluren wie die Oberschüler auch, und sie besaßen sogar eine eigene Turnhalle, in der an jedem Samstagabend eine Tanzveranstaltung stattfand. Aber Rose Rita hatte keine Lust, zu Tanzveranstaltungen zu gehen. Sie hatte auch keine Lust auf Rendezvous – egal, ob mit Luis oder mit irgendwelchen anderen Jungs. Sie wünschte sich nichts sehnlicher, als ein Kind bleiben zu dürfen. Sie wollte Baseball spielen, auf Bäume klettern und zusammen mit Luis Schiffsmodelle bauen. Sie freute sich ungefähr so sehr auf die Mittelschule wie auf einen Besuch beim Zahnarzt.

Rose Rita schloss die Schranktür und wandte sich ab. Beim Umdrehen erblickte sie sich im Spiegel. Sie war ein großes, mageres, unscheinbares Mädchen mit strähnigem, schwarzem Haar und einer Brille. Ich wäre besser ein Junge geworden, dachte sie. Unscheinbare Jungs hatten nicht so viele Probleme wie unscheinbare Mädchen. Außerdem durften Jungs ins Pfadfinder-Sommerlager. Jungs konnten sich zu einem Baseballspiel verabreden, ohne dass das irgendjemand komisch fand. Jungs mussten sonntags zur Kirche keine Nylonstrümpfe und karierte Röcke und gestärkte Blusen tragen. Rose Rita fand, dass Jungs ein himmlisches Leben hatten. Aber sie war als Mädchen auf die Welt gekommen und an dieser Tatsache ließ sich offenbar nichts ändern.

Sie ging zum Goldfischglas hinüber und fütterte ihren Fisch. Dann begann sie zu pfeifen und veranstaltete ein kleines Tänzchen durch das Zimmer. Draußen war ein wunderschöner Tag. Die Sonne schien. Die Leute wässerten ihre Gärten und die Kinder waren auf ihren Fahrrädern unterwegs. Wenn sie vielleicht einfach nicht mehr an ihre Probleme dachte, ob sie dann verschwinden würden? Möglicherweise würde der Sommer ja doch noch gut werden.

Am Abend ging Rose Rita zu Luis' Abschiedsparty. Eigentlich hatte sie gar keine Lust darauf, aber was blieb ihr schon übrig, sie musste einfach hingehen! Luis war immer noch ihr bester Freund – auch wenn er sie mit seinem Aufenthalt im Sommerlager nun so hängen ließ –, aber Rose Rita wollte auf keinen Fall seine Gefühle verletzen. Luis lebte in einem großen, alten Herrenhaus in der High Street. Er wohnte dort zusammen mit seinem Onkel Jonathan, einem Zauberer. Und die alte Dame nebenan, Mrs. Zimmermann, war eine Hexe. Jonathan und Mrs. Zimmermann liefen nicht etwa in schwarzen Gewändern durch die Gegend und fuchtelten mit den Händen in der Luft herum, aber sie verstanden eindeutig etwas von Zauberei. Rose Ritas Ansicht nach war Mrs. Zimmermann diejenige, die sich besser mit dem Zaubern auskannte als Jonathan, aber sie gab nicht so damit an wie er.

Das Fest bei Luis wurde so lustig, dass Rose Rita all ihre Probleme vergaß. Sie vergaß sogar, dass sie ja eigentlich auf Luis sauer sein wollte. Mrs. Zimmermann brachte den beiden zwei neue Kartenspiele bei – Jass und Bezique, das Lieblingskartenspiel von Winston Churchill –, und Jonathan gab eins seiner magischen Kunststücke zum Besten, wo sich alle so fühlten, als ob sie in Taucheranzügen über den Grund des Atlantiks stapften. Sie besuchten einige versunkene Galeonen und das Wrack der *Titanic* und sahen sich sogar einen Tintenfisch-Kampf an. Dann war die Vorstellung vorbei und die Zeit für Limonade und Schokoladenplätzchen gekommen. Sie gingen alle auf die vordere Veranda hinaus und aßen und tranken und schwangen auf der Verandaschaukel hin und her, lachten und plauderten bis spät in die Nacht.

Nach der Party, so gegen Mitternacht, saß Rose Rita in Mrs. Zimmermanns Küche. Sie übernachtete heute bei ihr – und das war etwas, das sie leidenschaftlich gern tat. Mrs. Zimmermann war wie eine zweite Mutter für Rose Rita. Rose Rita fand, dass man mit ihr praktisch über alles reden konnte. Und nun saß sie bei ihr am Küchentisch, zerkrümelte das letzte Schokoladenplätzchen und sah Mrs. Zimmermann zu, die in ihrem purpurfarbenen Sommernachthemd am Herd stand. Sie erhitzte gerade etwas Milch in einem kleinen Topf. Mrs. Zimmermann musste immer heiße Milch nach einem Fest trinken. Sie hasste den Geschmack von dem Zeug, aber es war nun mal die einzige Möglichkeit für sie, einzuschlafen.

»Das war eine Party, was, Rosielein?«, sagte sie und rührte die Milch um.

»Ja, kann man wohl sagen.«

»Du musst wissen«, begann Mrs. Zimmermann gemächlich, »dass ich eigentlich gar nicht begeistert davon war, diese Party zu feiern.«

Rose Rita war erstaunt. »Ach ja? Wirklich nicht?«

»Nein. Ich hatte Angst, das könnte dir wehtun. Es noch schlimmer machen, als es ohnehin schon ist, weil Luis im Sommer doch einfach verschwindet.«

Rose Rita hatte Mrs. Zimmermann nicht einen einzigen Pieps davon verraten, wie elend sie sich wegen Luis' Teilnahme am Sommerlager fühlte. Erstaunlich, wie Mrs. Zimmermann sie durchschaute! Aber vielleicht war das bei Hexen eben so.

Mrs. Zimmermann probierte die Milch mit dem Finger. Dann goss sie sie in einen Becher mit einem kleinen, violetten Blümchenmuster. Sie nahm gegenüber von Rose Rita Platz und nahm einen Schluck.

»Igitt!«, rief sie und verzog das Gesicht. »Ich glaube, das nächste Mal gönne ich mir lieber einen Schlummertrunk mit Schuss! Aber zurück zu dir. Du bist ganz schön sauer auf Luis, stimmt's?«

Rose Rita starrte auf den Tisch. »Kann man wohl sagen. Wenn ich Sie und Onkel Jonathan nicht so mögen würde, wäre ich heute, glaube ich, gar nicht aufgetaucht.«

Mrs. Zimmermann kicherte. »Es sah auch nicht gerade so aus, als ob ihr beide heute Abend gut miteinander klargekommen wärt. Hast du eine Ahnung, warum er an diesem Sommerlager teilnimmt?«

Rose Rita zerbröselte weiter ihr Plätzchen, während sie nachdachte. »Hmm«, brummte sie schließlich, »wahrscheinlich hat er keine Lust mehr, mein Freund zu sein, und ist jetzt lieber so ein Oberindianer bei den Pfadfindern.«

»Fast richtig«, erwiderte Mrs. Zimmermann. »Das heißt, er möchte wirklich gern ein Pfadfinder werden. Aber Luis hat sehr wohl Lust, dein Freund zu sein! Ich glaube, wenn's nach ihm ginge, würdest du mit ins Sommerlager fahren.«

Rose Rita blinzelte sie durch ihre Tränen hindurch an. »Ehrlich?«

Mrs. Zimmermann nickte. »Ja, und ich werde dir noch was verraten. Er kann's kaum erwarten, wieder hier zu sein und dir von all den tollen neuen Dingen zu erzählen, die er dort lernen wird.«

Rose Rita machte einen verwirrten Eindruck. »Das kapiere ich nicht. Klingt irgendwie verrückt. Er mag mich, also geht er weg, damit er mir hinterher erzählen kann, wie toll es ohne mich war.«

Mrs. Zimmermann lachte. »Potzblitz, wenn du's so sagst, meine Süße, klingt's in der Tat ziemlich rappelköpfig. Und ich muss gestehen, dass es in Luis' Kopf zurzeit auch ganz schön klapsig zugeht. Er will lernen, wie man Knoten macht und Kanus paddelt und durch die Wildnis wandert, damit er zurückkommen und dir davon erzählen kann und du ihn für einen richtig tollen Burschen hältst und ihn noch mehr magst, als du es ohnehin schon tust.«

»Aber ich mag ihn doch so, wie er ist! Was soll denn all dieses blödsinnige Zeugs von wegen ein richtig toller Kerl sein, und so?«

Mrs. Zimmermann ließ sich auf dem Stuhl zurücksinken und seufzte. Auf dem Tisch lag ein längliches, silbernes Kästchen. Sie hob es auf und öffnete es. Darin lag eine Reihe dunkler, brauner Zigarren.

»Macht's dir was aus, wenn ich rauche?«

»Nö.« Rose Rita hatte Mrs. Zimmermann schon früher hin und wieder rauchen sehen. Anfangs hatte sie das überrascht, aber mittlerweile war sie daran gewöhnt. Sie sah zu, wie Mrs. Zimmermann das eine Ende der Zigarre abbiss und in den Abfalleimer spuckte, der ganz in der Nähe stand. Dann schnipste sie mit den Fingern und ein Streichholz tauchte aus dem Nichts auf. Als die Zigarre angezündet war, schnipste Mrs. Zimmermann das Streichholz wieder ins Nichts und es verschwand.

»Spart Aschenbecher«, sagte sie grinsend. Mrs. Zimmermann paffte ein paar Züge. Der Rauch zog in lang gestreckten, anmutigen Wirbeln zum geöffneten Fenster hinüber. Es wurde für einen Moment still. Schließlich sprach Mrs. Zimmermann wieder. »Ich weiß, dass es für dich schwer zu verstehen ist, Rose Rita. Es ist immer schwer zu begreifen, warum jemand Dinge tut, die einem wehtun. Aber überleg doch mal, wie Luis so ist: ein pummeliger, schüchterner Junge, der seine Nase ständig in Bücher steckt. Er ist nicht gut im Sport und hat praktisch vor allem Angst, was kreucht und fleucht. Hach, und dann guck dich mal an. Du bist ein echter Wildfang. Du kannst auf Bäume klettern, laufen wie ein Wiesel, und erst kürzlich habe ich gesehen, wie du bei einem Mädchen-Baseballspiel drei Spielerinnen hintereinander ausgeworfen hast. Du kannst all die Dinge, die Luis nicht kann. Begreifst du jetzt, warum er in dieses Sommerlager fährt?«

Rose Rita mochte es kaum glauben. »Vielleicht, um wie ich zu sein?«

Mrs. Zimmermann nickte. »Ins Schwarze getroffen, Liebes. Um so zu sein wie du. Damit du ihn besser leiden kannst. Natürlich gibt's da noch mehr Gründe. Wohl auch, um wie die anderen Jungen zu sein. Normal eben – wie das die meisten Gören wollen, die nicht auf den Kopf gefallen sind.« Sie setzte ein schiefes Lächeln auf und schnippte Asche in die Spüle.

Rose Rita blickte traurig drein. »Hätte er mich doch bloß mal gefragt, ich hätte ihm jede Menge beibringen können.«

»O nein, mein Lämmchen. So nicht. Er kann doch unmöglich was von einem Mädel lernen! Das würde sein Stolz nicht zulassen. Aber weißt du, unser Pläuschchen hat eh keinen Sinn. Luis fährt morgen ins Sommerlager und du sitzt hier in New Zebedee fest und hast nichts zu tun, stimmt's oder habe ich Recht? Tja, und wie's der Zufall so will, habe ich vor kurzem einen sehr überraschenden Brief erhalten. Er stammte von meinem verblichenen Vetter Oley. Habe ich dir je von Oley erzählt?«

Rose Rita dachte einen Moment lang nach. »Puuh, nein, ich glaube nicht.«

»Kann ich mir auch nicht vorstellen. Tja, nun, der Oley, der war ein komischer alter Kauz, aber …«

Rose Rita unterbrach sie. »Mrs. Zimmermann, Sie sagten ›verblichen‹. Ist er etwa …«

Mrs. Zimmermann nickte traurig. »Ja, ich fürchte, der Oley ist in die Ewigkeit eingegangen. Er hat mir einen Brief geschrieben, als er im Sterben lag und … weißt du was, warum hole ich ihn nicht her und zeige ihn dir? Dann kriegst du eine Vorstellung davon, was für eine Art von Mensch er gewesen ist.«

Mrs. Zimmermann stand auf und ging nach oben. Rose Rita hörte sie dort eine Weile herumschlurfen und in den Papieren in ihrem großen, unordentlichen Arbeitszimmer kramen. Als sie wieder nach unten kam, reichte sie Rose Rita ein zerknittertes Blatt Papier, in das mehrere kleine Löcher gestochen waren. Die Handschrift auf dem Papier war sehr nachlässig und zittrig. Mehrere Stellen waren mit Tintenklecksen verschmiert.

»Diesen Brief hab ich mit einem Haufen juristischer Dokumente erhalten, die ich unterschreiben sollte«, erklärte Mrs. Zimmermann. »Das Ganze ist eine äußerst seltsame Angelegenheit, und ich bin mir nicht sicher, was ich davon halten soll. Nun, jedenfalls ist das hier der Brief. Ziemliches Durcheinander, nicht wahr? Aber man kann ihn entziffern. Ach, übrigens, der Oley hat immer mit einem Federkiel geschrieben, wenn er meinte, etwas Wichtiges zu sagen zu haben. Daher stammen die ganzen Löcher im Papier. Nur zu. Lies ihn.«

Rose Rita nahm den Brief und las:

21. Mai 1950

Liebe Florence,

dies hier ist vielleicht der letzte Brief, den ich in meinem Le-
ben schreibe. Ich wurde letzte Woche plötzlich sehr krank,
was ich nicht begreifen kann, da ich bisher mein Lebtag noch
nie krank gewesen bin. Wie du ja weißt, habe ich kein beson-
ders großes Vertrauen in die Ärzte, und so habe ich ver-
sucht, mich selbst zu kurieren. Ich habe mir Medizin im
Laden unten an der Straße gekauft, aber sie hat nicht im Ge-
ringsten geholfen. Scheint so, als wär ich auf dem besten
Wege, das Zeitliche zu segnen, wie es so schön heißt. Tat-
sache ist, dass ich tot bin, wenn du diesen Brief erhältst, da
ich in meinem Testament verfügt habe, dass man ihn dir zu-
sendet, wenn ich den Löffel abgegeben habe.

Nun denn, zum geschäftlichen Teil. Ich hinterlasse dir
meine Farm. Du bist meine einzige lebende Verwandte und
ich habe dich immer gemocht, auch wenn ich weiß, dass du
dir nicht viel aus mir gemacht hast. Aber lassen wir die Ver-
gangenheit ruhen. Die Farm gehört dir, und ich hoffe, du
wirst deine Freude daran haben. Noch eine letzte, wichtige
Sache: Erinnerst du dich an die Schlachtweide? Nun, ich
habe dort vor gar nicht langer Zeit gegraben und dabei einen
Zauberring gefunden. Jetzt denkst du bestimmt, ich erzähle
Blödsinn, aber wenn du das Ding erst mal in der Hand
hältst und es dir an den Finger steckst, wirst du begreifen,
was ich damit meine. Ich habe noch niemand etwas von dem
Ring erzählt – außer meinem Nachbarn unten an der
Straße. Vielleicht bin ich ja ein bisschen wirr im Kopfe, aber
ich weiß, was ich weiß, und ich denke, es ist ein Zauberring.
Ich habe ihn in die unterste, linke Schublade in meinen
Schreibtisch gelegt, und ich werde meinen Anwalt veran-
lassen, dir den Schlüssel zuzusenden, zusammen mit dem
Haustürschlüssel. Das wäre wohl vorläufig alles. Mit etwas

Glück werde ich dich eines Tages wiedersehen, und falls nicht, lege ich beim lieben Gott ein gutes Wort für dich ein, haha.

Dein Vetter
Oley Gunderson

»Mannomann!«, rief Rose Rita und reichte Mrs. Zimmermann das Blatt zurück. »Was für ein kurioser Brief!«

»Kann man wohl sagen«, entgegnete Mrs. Zimmermann und schüttelte traurig den Kopf. »Ein kurioser Brief von einem noch kurioseren Menschen. Der arme Oley! Sein ganzes Leben hat er auf dieser Farm verbracht. Keine einzige Menschenseele in der Nähe. Keine Familie, keine Freunde, keine Nachbarn, kein gar nichts. Muss wohl seinem Verstand etwas geschadet haben.«

Rose Rita machte ein langes Gesicht. »Wollen Sie damit etwa sagen …«

Mrs. Zimmermann seufzte. »O ja, Liebes. Tut mir Leid, dich wegen des Zauberrings zu enttäuschen, aber Oley hatte nur allzu Recht, als er sagte, er sei etwas wirr im Kopf. Ich glaube, dass er einige Dinge erfunden hat, um sein Leben interessanter erscheinen zu lassen. Auch diese Geschichte mit der Schlachtweide stammt noch aus unserer Kindheit. Ein Stückchen Phantasie, das er sich aufbewahrt hat. Das Problem ist bloß, dass er's so lang aufbewahrt hat, bis er es irgendwann für wahr hielt.«

»Ich verstehe nicht, was Sie meinen«, erklärte Rose Rita.

»Ist alles ganz einfach. Weißt du, als ich ein Mädchen war, habe ich viel Zeit auf Oleys Farm verbracht. Sein alter Herr, der Sven, lebte damals noch. Er war einer von der sehr großzügigen Sorte und lud ständig Vettern, Cousinen und Tanten zu längeren Aufenthalten auf der Farm ein. Der Oley und ich, wir haben zusammen gespielt, und in einem Sommer haben wir einige indianische Pfeilspitzen auf einer Weide an dem Fluss gefunden, der hinter dem Farmhaus verläuft. Hach, du weißt ja, wie Kinder so sind. Unsere kleine Entdeckung brachte uns dazu, uns eine Geschichte über diesen Ort auszudenken und wir malten uns aus, dass dort einmal ein Kampf zwischen Siedlern und Indianern stattgefunden haben musste. Wir gaben einigen der Indianer und der Siedler, die in den Kampf verwickelt gewesen waren, sogar Namen und tauften das kleine Feld, auf dem wir spielten, Schlachtweide. Ich hatte das alles ganz vergessen, bis Oley diesen Brief schickte.«

Rose Rita war schwer enttäuscht. »Sind Sie sich auch ganz sicher, dass das mit dem Ring nicht wahr ist? Manchmal sagen doch selbst Verrückte die Wahrheit. O ja, wirklich, glauben Sie mir.«

Mrs. Zimmermann blickte Rose Rita mitleidig an. »Es tut mir wirklich Leid, Liebes, aber ich fürchte, ich kenne Oley Gunderson besser als du. Er war total plemplem. Bei ihm war mehr als nur eine Schraube locker. Aber übergeschnappt oder nicht, er hat mir seine Farm hinterlassen, und es gibt keine anderen Verwandten, die seinen letzten Willen aufgrund von Geisteskrankheit anfechten könnten. Also werde ich hinfahren, mir die Farm ansehen und ein paar Papiere unterschreiben. Die Farm liegt in der Nähe von Petoskey, genau oben an der Spitze der Lower Peninsula. Und wenn ich den ganzen juristischen Kram hinter mir habe, werde ich mit der Fähre zur Upper Peninsula übersetzen und mit dem Wagen auf Erkundungstour gehen. Seit man die Benzinrationierung aufgehoben hat, habe ich keine längere Reise mehr mit dem Auto unternommen. Und dabei habe ich mir doch jetzt gerade den neuen Wagen gekauft! Ich habe schon richtig Hummeln im Hintern. Ich könnte direkt loszischen. Hättest du vielleicht Lust, mich zu begleiten?«

Rose Rita geriet fast außer sich vor Freude. Am liebsten wäre sie über den Tisch gesprungen und hätte Mrs. Zimmermann umarmt. Doch dann kam ihr ein störender Gedanke. »Meinen Sie denn, meine Eltern werden mich fahren lassen?«

Mrs. Zimmermann setzte ihr überzeugendstes Lächeln auf. »Es ist schon alles arrangiert. Ich habe vorgestern deine Mutter angerufen, um einmal zu hören, wie sie darüber denkt. Sie fand, es sei eine gute Idee. Wir haben uns entschieden, dich mit der Neuigkeit zu überraschen.«

Rose Rita schossen Tränen in die Augen. »Also wirklich, Mrs. Zimmermann, vielen Dank auch. Vielen, vielen Dank!«

»Gern geschehen, mein Herzblättchen.« Mrs. Zimmermann warf einen Blick auf die Küchenuhr. »Ich glaube, wir sollten mal hoppeldipoppel in unsere Heiabettchen verschwinden, sonst ist morgen nichts mit uns anzufangen. Und Jonathan und Luis wollen doch zum Frühstück rüberkommen. Dann verabschiedet sich Luis ins Sommerlager und wir machen uns auf ins hinterste Michigan.« Mrs. Zimmermann erhob sich und drückte ihre Zigarre im Küchenspülbecken aus. Sie ging ins vordere Wohnzimmer und schaltete die Lampen aus. Als sie wieder in die Küche zurückkam, saß Rose Rita immer noch am Küchentisch, den Kopf in die Hände gestützt. Sie lächelte verträumt.

»Na, wer träumt denn da immer noch vor sich hin?

Sollte es dabei etwa um Zauberringe gehen?«, erkundigte sich Mrs. Zimmermann. Sie lachte leise und tätschelte Rose Rita den Rücken. »Ach, Rose Rita, Rose Rita«, sagte sie kopfschüttelnd, »die Knacknuss ist, dass du zu viel Umgang mit einer Hexe pflegst, und nun glaubst du, dass die Magie aus jeder Bordsteinritze sprießt wie Löwenzahn. Habe ich dir übrigens schon erzählt, dass ich keinen Zauber-Regenschirm mehr besitze?«

Rose Rita drehte sich um und starrte Mrs. Zimmermann ungläubig an. »*Was?* Sie haben keinen Zauber-Regenschirm mehr?«

»Nein. Du warst ja dabei, als mein alter bei dem Kampf gegen diesen bösen Geist zerschmettert wurde. Er ist völlig unbrauchbar. Und was den neuen angeht, den mir Jonathan zu Weihnachten geschenkt hat … Mit dem habe ich bisher nicht viel anfangen können. Ich bin natürlich immer noch eine Hexe. Ich kann immer noch Streichhölzer aus dem Nichts hervorzaubern. Aber was die ernsthaftere, mächtigere Magie angeht … tja, da fürchte ich, bin ich wieder in der Provinzliga gelandet. Ich kann einfach nichts dagegen tun.«

Rose Rita fühlte sich mit einem Mal ganz schrecklich. Sie hatte Mrs. Zimmermanns Zauberschirm in Aktion erlebt. Die meiste Zeit über sah er aus wie ein verlotterter, alter, schwarzer Regenschirm, aber wenn Mrs. Zimmermann bestimmte Worte zu ihm sprach, verwandelte er sich in einen großen, schwarzen Stab mit einer durchsichtigen Glaskugel darauf, in der ein purpurfarbener Stern leuchtete. Er war die Quelle von Mrs. Zimmermanns sämtlichen höheren Kräften. Und nun war er dahin. Auf immer und ewig zerstört.

»Gibt's denn … gibt's denn da nicht irgendwas, was Sie tun können, Mrs. Zimmermann?«, erkundigte sich Rose Rita.

»Fürchte nein, Liebes. Ich bin jetzt nichts weiter als ein Hobbyzauberer, wie Jonathan, und sollte wohl das Beste daraus machen. Tut mir Leid. Aber jetzt ab ins Heiabettchen, damit wir noch ein bisschen Schlaf in die Augen kriegen. Wir haben morgen eine lange Reise vor uns.«

Rose Rita kletterte schläfrig die Stufen hinauf. Sie übernachtete im Gästezimmer. Es war ein sehr hübsches Zimmer und – wie die meisten Räume in Mrs. Zimmermanns Haus – voller violetter Dinge. Die Tapete hatte ein Muster mit kleinen Veilchensträußen und der Nachttopf in der Ecke war aus purpurfarbenem Crown-Derby-Porzellan. Über der Kommode hing ein Gemälde, das ein Zimmer zeigte, in dem beinahe alles violett war. Das Gemälde trug die Signatur ›H. Matisse‹. Der berühmte französische Maler hatte es Mrs. Zimmermann bei ihrem Besuch in Paris kurz vor dem Ersten Weltkrieg geschenkt.

Rose Rita kuschelte sich ins Bett. Der Mond hing über Jonathans Haus und warf ein silbriges Licht auf Ecktürmchen und Giebel und steile, schräge Dächer. Rose Rita fühlte sich ein bisschen seltsam. Zauberschirme und Zauberringe schwirrten in ihrem Kopf herum. Sie dachte an Oleys Brief. Was wäre, wenn es dort auf der Farm wirklich einen Zauberring gäbe, eingeschlossen in seinen Schreibtisch? Wie aufregend! Rose Rita seufzte und drehte sich auf die Seite. Mrs. Zimmermann war ziemlich klug. Sie wusste normalerweise, wovon sie redete, und hatte bestimmt Recht, was den alten Ring betraf. Die ganze Geschichte war nichts weiter als völliger Mumpitz. Aber Rose Ritas letzter Gedanke kurz vor dem Einschlafen galt trotzdem Oleys Brief und wie wunderbar es wäre, wenn er darin die Wahrheit gesagt hätte.

II. KAPITEL

Am nächsten Morgen bereitete Mrs. Zimmermann himmlische, kleine, soufflé-artige Küchlein zum Frühstück zu. Gerade als sie das heiße Backblech mit den Förmchen aus dem Ofen zog, öffnete sich die Hintertür, und Jonathan und Luis kamen hereinspaziert. Luis war ein pummeliger Junge mit rundem Gesicht. Er trug seine brandneue Pfadfinderuniform und hatte ein knallrotes Tuch um den Hals gebunden, auf dem hinten im Nacken PFA zu lesen stand: *Pfadfinder Amerikas.* Das Haar hatte er ordentlich gescheitelt und mit Wildwurzbalsam-Öl straff zurückgekämmt, sodass es wie an den Kopf gepappt zu sein schien. Hinter ihm trat Jonathan in die Küche. Jonathan sah aus wie immer, egal, ob Sommer oder Winter: roter Bart, Pfeife im Mund, braune Waschleder-Hosen, blaues Arbeitshemd, rote Weste.

»Hallöchen«, rief er fröhlich. »Sind die Küchlein schon fertig?«

»Das erste Blech schon«, erwiderte Mrs. Zimmermann und setzte das schwere Backblech auf dem Tisch ab. »Aber ich mache auch bloß zwei Bleche. Meinst du, du könntest dich auf vier Küchlein beschränken?«

»Ich wär ja schon glücklich, wenn für mich ein einziges übrig bleiben würde, so, wie du über die armen

Dinger herfällst. Seht euch bloß vor, wenn die Dame eine Gabel in der Hand hat. Letzte Woche hätte sie mich beinahe hier in den Handrücken gestochen.«

Jonathan und Mrs. Zimmermann tauschten weiter Nettigkeiten aus, bis das Frühstück fertig war. Dann nahmen sie gemeinsam mit Luis und Rose Rita am Tisch Platz und begannen mit einem stillen Mahl. Anfangs traute sich Luis nicht, Rose Rita anzuschauen – er hatte ein ziemlich schlechtes Gewissen, weil er gleich abreisen und sie im Stich lassen würde. Doch dann fiel ihm dieser zufriedene Ausdruck auf ihrem Gesicht auf. Jonathan bemerkte ihn ebenfalls.

»Also schön!«, sagte Jonathan, als er die Spannung nicht mehr aushielt. »Wie lautet das große Geheimnis? Rose Rita platzt uns sonst noch, wenn sie mit der Neuigkeit nicht bald herausrücken darf.«

»Och, nichts Besonderes«, erwiderte Rose Rita grinsend. »Ich fahre bloß mit Mrs. Zimmermann los, um eine alte, verlassene Farm zu erkunden. Auf der Farm soll's spuken und irgendwo im Haus ist wohl ein Zauberring versteckt. Irgendein Verrückter, der sich dort in der Scheune erhängt hat, muss ihn da hingelegt haben.«

Luis und Jonathan klappten die Kinnladen herab. Rose Rita hatte die Wahrheit ein wenig ausgeschmückt. Das war eine ihrer Schwächen. Eigentlich war sie ein wahrheitsliebender Mensch, aber wenn es die Situation erforderte, konnte sie schon mal mit den erstaunlichsten Dingen aufwarten.

Mrs. Zimmermann warf Rose Rita einen strengen Blick zu. »Du solltest Bücher schreiben«, bemerkte sie trocken. Dann wandte sie sich an Luis und Jonathan. »Entgegen dem, was meine kleine Freundin hier behauptet, betreibe ich kein Reiseunternehmen für Gespenster-Tourismus. Mein Vetter Oley – du erinnerst dich gewiss an ihn, Jonathan – ist gestorben und hat mir seine Farm hinterlassen. Ich fahre runter, um mir alles mal anzusehen, und anschließend möchte ich noch ein bisschen die Gegend mit dem Wagen erkunden. Ich habe Rose Rita gefragt, ob sie Lust hat, mitzukommen. Tut mir Leid, dass ich dir das nicht früher gesagt habe, Jonathan, aber ich hatte die Befürchtung, du würdest dich bei Luis verplappern. Ich weiß doch, wie gut du darin bist, Geheimnisse für dich zu bewahren.«

Jonathan verzog das Gesicht, doch Mrs. Zimmermann ignorierte ihn. »Bomforzionös, nicht wahr?«, sagte sie, lehnte sich zurück und strahlte Rose Rita und Luis an. »Jetzt habt ihr beide diesen Sommer was zu tun! So soll es sein!«

»Ja, spitze«, erwiderte Luis mürrisch. In ihm keimte der Verdacht, dass Rose Rita möglicherweise das bessere Los gezogen hatte.

Nach dem Frühstück boten sich Luis und Rose Rita an, das Geschirr abzuspülen. Mrs. Zimmermann ging nach oben in ihr Arbeitszimmer und holte Oleys Brief herunter, damit Jonathan ihn sich ansehen konnte. Er las ihn mit ernster Miene, während Rose Rita Teller und Tassen spülte und Luis abtrocknete. Mrs. Zimmermann saß am Küchentisch, summte vor sich hin und rauchte eine Zigarre. Als Jonathan mit dem Brief fertig war, gab er ihn Mrs. Zimmermann wortlos zurück. Er sah ziemlich nachdenklich aus.

Kurz darauf stand Jonathan auf und ging nach nebenan, zu sich nach Hause. Er setzte den großen, schwarzen Wagen aus der Einfahrt zurück und fuhr bis zur Kurve vor. Dort hielt er an. Auf dem Rücksitz lag Luis' Pfadfinder-Ausrüstung: Schlafmatte, Rucksack, das Pfadfinderhandbuch, Wanderschuhe und eine alte *Quaker*-Haferflocken-Blechbüchse, die mit Mrs. Zimmermanns Spezialität gefüllt war: Schokoladenplätzchen.

Rose Rita und Mrs. Zimmermann standen an der Kurve. Jonathan saß am Steuer, Luis nahm auf dem Sitz neben ihm Platz.

»Dann macht's mal gut und *bon voyage*, wie man so schön sagt«, verabschiedete sich Mrs. Zimmermann. »Viel Spaß im Sommerlager, Luis.«

»Danke, Mrs. Zimmermann«, erwiderte Luis und winkte ihr zu.

»Und ihr beiden, amüsiert euch mal gut im hintersten Michigan«, sagte Jonathan. »Ach, übrigens, Florence …«

»Ja? Was denn?«

»Ein gut gemeinter Ratschlag: Ich denke, du solltest dir Oleys Schreibtisch mal näher ansehen, ob dort nicht doch was versteckt ist. Man weiß ja nie.«

Mrs. Zimmermann lachte. »Sollte ich einen Zauberring finden, werde ich ihn dir mit der Paketpost schicken. Aber wenn ich du wäre, würde ich nicht gerade auf so eine kostbare Fracht warten. Du hast Oley doch kennen gelernt, Jonathan. Du weißt doch, wie bekloppt er war.«

Jonathan nahm die Pfeife aus dem Mund und blickte Mrs. Zimmermann geradewegs in die Augen. »O ja, ich hab Oley wohl gekannt, aber trotzdem glaube ich, du solltest dich vorsehen.«

»Aber gewiss doch werde ich mich vorsehen«, erwiderte Mrs. Zimmermann unbekümmert. Sie konnte sich wirklich nicht vorstellen, dass es irgendeinen Grund gab, sich Sorgen zu machen.

Nach einigen weiteren Abschiedsworten fuhren

Jonathan und Luis schließlich winkend davon. Mrs. Zimmermann trug Rose Rita auf, heimzulaufen und zu packen, während sie ins Haus zurückgehen und ihren eigenen Kram zusammensuchen wollte.

Rose Rita lief den Hügel hinunter zu ihrem Elternhaus. Sie war ziemlich aufgeregt und konnte es kaum erwarten, endlich loszufahren. Aber als sie daheim die Haustür öffnete, hörte sie ihren Vater gerade sagen: »Also, es wäre nett, wenn du mich das nächste Mal um meine Meinung fragen würdest, ehe du unserer Tochter erlaubst, mit einer stadtbekannten Spinnerin auf Achse zu gehen! Ja, Himmel nochmal, Louise, hast du denn gar keine ...«

Mrs. Pottinger fiel ihm ins Wort. »Mrs. Zimmermann ist keine Spinnerin«, erklärte sie mit fester Stimme. »Sie ist eine verantwortungsbewusste Person und eine gute Freundin von Rose Rita.«

»Verantwortungsbewusst, ha! Sie raucht Zigarren, und sie ist doch auf Du und Du mit diesem Wie-war-noch-sein-Name, diesem bärtigen Fritzen, der im Geld schwimmt. Der, der diese Zauberkunststückchen fabriziert, du weißt doch, wen ich meine ...«

»Ja, weiß ich. Und man sollte meinen, dass du, nachdem deine Tochter schon über ein Jahr mit dem Neffen dieses Wie-war-noch-sein-Name eng befreundet ist, zumindest in der Lage bist, dir seinen Namen zu merken. Aber ich begreife einfach immer noch nicht, warum ...«

Und so ging es hin und her. Mr. und Mrs. Pottinger stritten sich hinten in der Küche, bei geschlossenen Türen. Aber Mr. Pottinger besaß eine wirklich laute Stimme, selbst wenn er sich ganz normal unterhielt, und Mrs. Pottinger hatte ihre Stimme erhoben, um sich mit der seinen messen zu können. Rose Rita stand einen Moment lauschend da. Sie wusste, dass es nichts brachte, sich bei einer solchen Diskussion einzumischen. Deshalb schlich sie auf Zehenspitzen nach oben und begann zu packen.

Rose Rita warf Unterwäsche, T-Shirts, eine Jeans, Zahnbürste, Zahnpasta und alles andere, von dem sie dachte, dass sie es benötigen würde, in den abgenutzten, schwarzen Koffer. Wie wunderbar, dass sie keine Kleider und Blusen und Röcke einpacken musste. Bei Mrs. Zimmermann brauchte sich Rose Rita nie fein zu machen – da durfte sie anziehen, was sie wollte. Rose Rita spürte eine plötzliche Hoffnungslosigkeit in sich aufsteigen, wenn sie daran dachte, dass sie nicht immer dieser Wildfang würde bleiben können. Röcke und Nylonstrümpfe, Lippenstift und Puderquaste, Verabredungen und Tanzveranstaltungen – all das erwartete sie auf der Mittelschule. Ach, wäre sie doch ein richtiger Junge! Dann könnte sie …

Rose Rita hörte das Hupen eines Autos vor der Tür. Das musste Mrs. Zimmermann sein. Rasch zog sie den Reißverschluss ihres Koffers zu und hastete damit die Treppe hinunter. Unter der offenen Haustür stand ihre Mutter und lächelte sie an. Ihr Vater war verschwunden, also hatten sich die Wogen offenbar geglättet. Vorne an der Kurve wartete Mrs. Zimmermann. Sie saß am Steuer eines brandneuen 1950er Plymouth. Der Wagen war hoch und kastenförmig und hatte einen ziemlich buckeligen Kofferraum. Ein Chromstreifen teilte die Windschutzscheibe in zwei Hälften und kleine, eckige Buchstaben an der Seite des Wagens formten das Wort CRANBROOK – das war der Name dieses besonderen Modells. Der Wagen leuchtete grün. Darüber war Mrs. Zimmermann ziemlich wütend, denn sie hatte ihn in Braunrot bestellt, war dann aber zu faul gewesen, ihn umzutauschen.

»Hallöchen, Rose Rita! Hallöchen, Louise!«, rief Mrs. Zimmermann und winkte beiden zu. »Ein guter Tag für eine Reise, was?«

»Kann man wohl sagen«, entgegnete Mrs. Pottinger. Sie freute sich aufrichtig, dass Rose Rita die Möglichkeit hatte, mit Mrs. Zimmermann diese Fahrt zu unternehmen. Mr. Pottinger steckte so sehr in Arbeit, dass die Familie während des Sommers unmöglich New Zebedee verlassen konnte, und Mrs. Pottinger ahnte, wie einsam sich ihre Tochter ohne Luis fühlen würde. Glücklicherweise wusste Mrs. Pottinger allerdings nichts von Mrs. Zimmermanns magischen Fähigkeiten, und sie misstraute den Gerüchten, die ihr zu Ohren kamen.

Rose Rita gab ihrer Mutter einen Kuss auf die Wange. »Mach's gut, Mom«, sagte sie. »Bis in zwei Wochen.«

»Schön, schön. Amüsier dich gut«, erwiderte Mrs. Pottinger. »Schreib mir eine Karte, wenn du in Petoskey ankommst.«

»Klar, mach ich.«

Rose Rita rannte die Stufen hinunter, warf ihre Tasche auf den Rücksitz und eilte um den Wagen herum, um sich neben Mrs. Zimmermann zu setzen. Mrs. Zimmermann legte den ersten Gang ein und sie rollten los, die Mansion Street entlang. Die Reise konnte beginnen.

Mrs. Zimmermann und Rose Rita nahmen die Bundesstraße 12, die sie zur Bundesstraße 131 führte, welche fast schnurgerade Richtung Norden durch Grand Rapids hindurchführt. Es war ein wunderschöner, sonniger Tag. Telefonmasten und Bäume und riesige Werbetafeln für *Burma Shave*-Rasierschaum flogen an ihnen vorüber. Auf den Feldern sahen sie Farmmaschinen, Maschinen, die Namen trugen wie John Deere und Minneapolis-Moline und International Harvester. Sie waren mit leuchtenden Farben gestrichen, in Blau und Grün und Rot und Gelb. Mrs. Zimmermann musste des Öfteren auf den Seitenstreifen ausweichen, um Traktoren mit breiten Mähdreschern durchzulassen.

Sie ließen Grand Rapids hinter sich und erreichten Big Rapids, wo sie in einem Diner, einem Restaurant, das aussah wie ein Speisewagen, zu Mittag aßen. In der Ecke stand ein Flipper-Automat, und Mrs. Zimmermann bestand darauf, eine Runde zu spielen. Mrs. Zimmermann war eine erstklassige Flipper-Spielerin. Sie wusste, wie man mit diesen Automaten umging, und sie hatte auch – wenn sie erst einmal ein wenig mit so einem Ding vertraut geworden war – ein Gefühl dafür, wie fest man gegen die Seiten und die Oberkante knallen konnte, ohne die TILT-Anzeige zum Aufleuchten zu bringen. Als sie mit dem Flippern aufhörte, hatte sie fünfunddreißig Freirunden gewonnen. Mrs. Zimmermann überließ sie den anderen Gästen des Diners, die sie mit offenem Mund anstarrten. Sie hatten vorher noch nie eine Dame an einem Flipper-Automaten spielen sehen.

Nach dem Mittagessen ging Mrs. Zimmermann in einen A&P-Supermarkt und in eine Bäckerei einkaufen. Sie wollte nämlich nach ihrer Ankunft im Farmhaus eine Art Picknick veranstalten. Mrs. Zimmermann legte Salami, Bologneser Wurst, Dosen mit fein gehacktem, scharf gewürztem Schinken, eine Literpackung Vanilleeis, eine Flasche Milch, drei Flaschen Limonade und ein Glas mit eingelegten Gurken in einen großen, metallenen Kühlbehälter im Kofferraum.

In einem Picknick-Korb aus Bast verstaute sie zwei frische Brotlaibe und einen Schokoladenkuchen. An der Tankstelle kaufte sie etwas zerstoßenes Eis und legte es in den Kühlbehälter, damit die Lebensmittel nicht verdarben. Es war ein heißer Tag. Das Thermometer auf der Reklametafel, an der sie auf dem Weg zur Stadt hinaus vorüberkamen, zeigte zweiunddreißig Grad Celsius an.

Mrs. Zimmermann erklärte Rose Rita, dass sie nun ohne eine weitere Pause bis zur Farm durchfahren würden. Je weiter sie nach Norden kamen, desto steiler wurden die Berge und Hügel. Einige davon machten den Eindruck, als könnte es dem Wagen niemals gelingen, sie zu erklimmen, doch komischerweise schienen die Berge flacher zu werden, sobald man mit dem Auto hinauffuhr. Und jetzt erblickte Rose Rita um sich herum nichts weiter als Kiefernwälder. Ihr wundervoll frischer Duft wehte während der Fahrt durch das Fenster ins Innere des Wagens. Sie näherten sich den riesigen Waldgebieten des nördlichen Michigan.

Am späten Nachmittag schaukelten Rose Rita und Mrs. Zimmermann langsam über eine kiesbedeckte Landstraße und lauschten dem Wetterbericht im Autoradio. Ohne eine Vorwarnung begann der Wagen mit einem Mal langsamer zu werden und rollte schließlich aus. Mrs. Zimmermann drehte den Schlüssel und trat wiederholt aufs Gaspedal. Aber der Wagen wollte und wollte nicht anspringen. Nach dem fünfzehnten Versuch lehnte sich Mrs. Zimmermann zurück und fluchte leise vor sich hin. Dann fiel ihr Blick zufällig auf die Tankanzeige.

»Sapperlot, das darf doch nicht wahr sein!«, entfuhr es ihr. Sie sank nach vorn und schlug mit der Stirn einige Male gegen das Lenkrad.

»Was ist denn los?«, erkundigte sich Rose Rita.

Mrs. Zimmermann saß mit einem angewiderten Gesichtsausdruck da. »Och, nichts Besonderes. Wir haben bloß kein Benzin mehr, das ist alles. Ich wollte doch noch in Big Rapids tanken, als wir das Eis gekauft haben, hab's dann aber irgendwie vergessen.«

Rose Rita legte erschrocken die Hand über den Mund. »O nein!«

»O doch. Ich weiß allerdings, wo wir sind. Die Farm liegt nur noch ein paar Kilometer von hier entfernt. Wenn dir danach ist, können wir den Wagen stehen lassen und zu Fuß gehen, müssen wir aber nicht unbedingt. Ein Stück weiter die Straße hinauf ist eine Tankstelle. Zumindest war da früher mal eine.«

Mrs. Zimmermann und Rose Rita stiegen aus dem Wagen und machten sich auf den Weg. Bald würde die Sonne untergehen. Mückenschwärme tanzten in der Luft und die langen Schatten der Bäume fielen über die Straße. Kleine Flecken roten Lichts drangen hier und da durch die Baumriesen entlang des Weges. Die beiden Reisenden stapften die Hügel hinauf und hinunter und wirbelten dabei weißen Staub auf. Mrs. Zimmermann war eine gute Wanderin, genauso wie Rose Rita. Sie erreichten einen Laden, Bigger's, als die Sonne gerade am Horizont versank.

Wie so viele Lebensmittelgeschäfte in ländlichen Gegenden war Bigger's gleichzeitig eine Tankstelle. Draußen vor der Tür standen zwei rote Zapfsäulen und ganz in der Nähe war ein weißes Schild mit einem fliegenden roten Pferd zu sehen. Das Pferd befand sich auch auf den kreisförmigen Verzierungen, die oben auf jeder Zapfsäule angebracht waren.

Der Laden war auf drei Seiten von dunklem Kiefernwald umgeben. Das Geschäft war nichts weiter als ein weißes Holzhaus mit einem großen Fenster auf der Vorderseite. Durch das Fenster konnte man Reihen mit gestapelten Lebensmitteln erkennen und im hinteren Teil eine Kasse und einen Ladentisch.

Auf einem von Unkraut überwucherten Feld neben dem Laden stand ein Hühnerstall. Der Stall war eingezäunt, doch von den Hühnern war weit und breit nichts zu sehen. Die Teerpappe, mit der man den Stall abgedeckt hatte, war an einer Stelle eingesackt, und die Wasserschüssel, die in der Umzäunung stand, überzog eine kräftige, grüne Moosschicht.

»Da wären wir also«, verkündete Mrs. Zimmermann und wischte sich über die Stirn. »Jetzt müssen wir die liebe Gertie nur noch dazu bringen, rauszukommen und uns zu bedienen, dann kann's weitergehen.«

Rose Rita war überrascht. »Kennen Sie die Frau etwa, der dieser Laden gehört?«

Mrs. Zimmermann seufzte. »Ich fürchte, ja. Ich war ziemlich lange nicht mehr in der Gegend, aber Gertie Bigger schmiss den Laden hier schon, als ich Oley das letzte Mal besucht habe. Das war vor ungefähr fünf Jahren. Vielleicht ist sie ja immer noch hier, vielleicht auch nicht. Wir werden's gleich sehen.«

Als Rose Rita und Mrs. Zimmermann sich dem Laden näherten, bemerkten sie einen kleinen, schwarzen Hund, der vorne auf der Treppe lag. Sobald er sie sah, sprang er auf und begann zu kläffen. Rose Rita befürchtete, er könne versuchen, sie zu beißen, aber Mrs. Zimmermann blieb ganz ruhig. Sie ging mit großen Schritten auf die Treppe zu, stemmte die Hände in die Hüften und schrie: »Du Depp, du!« Doch der Hund wich nicht von der Stelle und kläffte nur noch lauter. Gerade als Mrs. Zimmermann ihm einen kräftigen

Tritt versetzen wollte, sprang er seitlich von der Treppe herunter und verschwand im Gebüsch am Ende der Auffahrt.

»Dämlicher Köter«, brummte Mrs. Zimmermann. Sie schritt die Stufen hinauf und öffnete die Tür des Ladens.

»Kling-e-ling«, ertönte eine kleine Glocke. Das Licht im Geschäft war eingeschaltet, aber hinter dem Ladentisch stand niemand. Minuten vergingen. Endlich vernahmen sie von irgendwo hinten im Haus ein Rumpeln. Eine Tür öffnete sich qietschend und Gertie Bigger kam hereingetrampelt. Sie war eine große, stämmige Frau in einem sackförmigen Kleid. Ihr zorniger Gesichtsausdruck verschwand, als sie Mrs. Zimmermann erblickte.

»Ach, sieh mal einer an, *du* bist das! Hast dich ja lange nicht mehr blicken lassen. Was willst du denn?«

Gertie Bigger klang gehässig. Rose Rita fragte sich, ob sie möglicherweise einen Groll gegen Mrs. Zimmermann hegte.

Mrs. Zimmermann antwortete mit ruhiger Stimme: »Ich hätte gern etwas Benzin, wenn es dir nicht zu viel Mühe bereitet. Es ist uns ein paar Kilometer die Straße runter ausgegangen.«

»Einen Augenblick, bitte«, entgegnete Gertie schnippisch.

Sie marschierte den Hauptgang ihres Ladens hinunter und zu einer Tür hinaus, die sie hinter sich zuknallte.

»Mannometer, was für eine alte Schreckschraube«, meinte Rose Rita.

Mrs. Zimmermann schüttelte traurig den Kopf. »Ja, ja, es wird von Mal zu Mal schlimmer, wenn ich ihr begegne. Los, komm, sehen wir zu, dass wir unser Benzin kriegen und dann nichts wie weg hier.«

Nach einigem Gekrame und Gefluche stöberte Gertie Bigger schließlich einen Fünf-Gallonen-Benzinkanister auf und füllte ihn. Rose Rita mochte Benzingeruch und fand es witzig, zuzusehen, wie die Zahlen auf der Zapfsäule herumwirbelten. Als die Zahlen schließlich zum Stillstand kamen, stellte Gertie die Zapfsäule ab und verkündete den Preis. Er war genau doppelt so hoch wie der Preis, der auf der Zapfsäule stand.

Mrs. Zimmermann musterte die Frau mit einem durchdringenden Blick. Sie versuchte herauszufinden, ob Gertie scherzte. »Du machst Witze, was, Gertie? Sieh doch bloß mal, was da steht.«

»Kein Witz, Herzchen. Entweder du rückst das Geld raus oder du gehst zu Fuß zur Farm.« Dann fügte sie mit verächtlicher Stimme hinzu: »Ist mein Sonderpreis für alte Freunde.«

Mrs. Zimmermann stand einen Moment lang schweigend da und überlegte, was sie tun sollte. Rose Rita wartete gespannt, ob sie ihre Hand heben und Gertie Bigger in eine Kröte oder sonst etwas Ekliges verwandeln würde. Doch am Ende stieß Mrs. Zimmermann einen tiefen Seufzer aus und öffnete ihren Geldbeutel. »Da, bitte schön, nimm's nur! Hoffentlich hast du was davon. Komm, Rose Rita, lass uns zum Wagen zurückgehen.«

»Klaro.«

Mrs. Zimmermann hob den Kanister auf und sie machten sich wieder auf den Weg zurück zum Auto. Hinter der ersten Kurve sagte Rose Rita: »Was ist denn bloß mit der alten Schachtel los? Wie kommt's, dass sie so sauer auf Sie ist?«

»Sie ist auf jeden sauer, Rosie. Sie ist auf die ganze Welt sauer. Ich kenne sie noch von früher, aus der Zeit, als ich hierher kam, um die Sommer auf der alten Farm zu verbringen. Ich erinnere mich noch sehr gut daran, dass wir in einem Sommer, als ich gerade achtzehn war, ein und demselben Jungen schöne Augen gemacht haben, einem Kerl namens Mordecai Hunks. Ich habe gewonnen, aber das mit ihm und mir ist nicht lange gut gegangen. Als der Sommer zu Ende war, haben wir uns wieder getrennt. Ich habe keine Ahnung, wen er geheiratet hat.«

»War Gertie sauer auf Sie, weil Sie ihr den Freund weggeschnappt haben?«

Mrs. Zimmermann kicherte und schüttelte den Kopf. »Und wie! Und weißt du was? Sie ist *immer noch* sauer! Diese Frau hat ein Gedächtnis wie ein Elefant und sie vergibt nie. Sie kann sich noch an Dinge erinnern, die Leute vor vielen, vielen Jahren gesagt haben, und sie schmiedet ständig Pläne, um irgendjemandem irgendetwas heimzuzahlen. Aber ich muss schon sagen, dass ich's noch nie erlebt hab, dass sie sich so benommen hat wie heute Abend. Was mag bloß in sie gefahren sein?« Mrs. Zimmermann blieb mitten auf der Straße stehen und drehte sich um. Sie blickte zurück zu Gertie Biggers Laden und rieb sich das Kinn. Sie schien nachzudenken. Dann drehte sie sich schulterzuckend wieder um und marschierte Richtung Auto.

Inzwischen war es dunkel geworden. Grillen zirpten und einmal huschte ein Kaninchen vor ihnen über die Straße und verschwand im Gebüsch auf der anderen Seite. Als Mrs. Zimmermann und Rose Rita endlich den Wagen erreichten, stand er im Mondlicht da und schien geduldig auf sie zu warten. Für Rose Rita war das Auto fast so etwas wie ein Mensch. Es hatte ein Gesicht. Die Augen glotzten wie bei einer Kuh, aber der Mund erinnerte eher an ein Fischmaul –

bekümmert und mit schweren Lippen. Der Ausdruck war traurig, aber würdevoll.

»Der Plymouth ist ein hübsches Auto, nicht wahr?«, sagte Rose Rita.

»Ja, das finde ich auch«, erwiderte Mrs. Zimmermann und kratzte sich nachdenklich am Kinn. »Für ein grünes Auto ist er gar nicht so schlecht.«

»Warum geben wir ihm nicht einen Namen?«, fragte Rose Rita plötzlich.

Mrs. Zimmermann sah verblüfft aus. »Einen Namen? Äh … hm … na ja, warum eigentlich nicht? Welchen Namen würdest du ihm denn gerne geben?«

»Bessie.« Rose Rita hatte einmal eine Kuh namens Bessie gekannt. Sie fand, Bessie würde gut zu diesem geduldigen, glotzäugigen Wagen passen.

Mrs. Zimmermann schüttete den Fünf-Gallonen-Kanister Benzin in Bessie hinein. Als sie den Schlüssel in der Zündung drehte, startete der Wagen ohne Murren. Rose Rita klatschte laut. Es konnte weitergehen.

Als sie Mrs. Biggers Laden erreichten, hielt Mrs. Zimmermann kurz an, um den leeren Kanister neben die eine Zapfsäule zu stellen. Während sie weiter Richtung Farm tuckerten, bemerkte Rose Rita, dass der Wald, der hinter Gertie Biggers Laden verlief, nun auch die Straße säumte.

»Das ist ein ziemlich großer Wald, finden Sie nicht auch, Mrs. Zimmermann?«, sagte sie und deutete nach rechts.

»Und ob! Ein mächtig großer Wald sogar. Er geht das ganze Stück bis zu Oleys Farm runter und dann noch weiter Richtung Norden. Er ist nett zum Spazierengehen, aber verlaufen möchte ich mich da drin nicht! Man kann tagelang herumirren, ohne dass einen jemand findet.«

Sie fuhren weiter. Rose Rita überlegte, wie Oleys Farm wohl aussehen mochte. Sie hatte sie sich auf der Fahrt hierher in Gedanken ausgemalt, und inzwischen besaß sie bereits eine ziemlich feste Vorstellung davon, wie alles aussehen müsste. Aber ob es auch wirklich stimmte? In einer Minute würde sie es wissen. Nur noch einige Hügel hinauf und hinunter, um ein paar Kurven herum und dann eine lange, schmale, zerfurchte Straße entlang, über die die Äste der Bäume herabhingen. Und dann, ganz plötzlich, war sie da, die Farm vom alten Oley.

Sie sah ganz und gar nicht so aus, wie Rose Rita sie sich vorgestellt hatte, aber sie war trotzdem hübsch. Die Scheune war lang gestreckt und weiß gestrichen. Wie Bessie besaß sie ein Gesicht: zwei Fenster als Augen und eine hohe Tür als Mund. Ganz in der Nähe der Scheune stand das Haus. Es war ein einfaches, rechteckiges Haus mit einer rechteckigen Kuppel oben auf dem Dach. Alles machte einen vollkommen verlassenen Eindruck. Im Vorgarten war das Gras in die Höhe geschossen und der Briefkasten wurde langsam rostig. Eins der Scheunenfenster war zerbrochen. Während Rose Rita hinüberschaute, bemerkte sie, wie ein Vogel durch das Loch hineinflog. In der Ferne konnte man den Wald sehen.

Mrs. Zimmermann fuhr bis zum Scheunentor. Dann stiegen sie aus dem Auto. Mit Rose Ritas Hilfe zog Mrs. Zimmermann das schwere Tor zur Seite. Ein schwacher Geruch nach Mist und Heu stieg in der kühlen Luft auf. Es gab zwei lange Reihen mit Kuhställen (die alle leer waren) und über ihrem Kopf konnte Rose Rita das Heu sehen. Einige alte Nummernschilder waren an die Balken genagelt, die den Heuboden stützten. Als Rose Rita sie näher betrachtete, stellte sie fest, dass sie Jahreszahlen, beispielsweise 1917 oder 1923, trugen. Oben, zwischen den Dachsparren, flatterte ein Vogel hin und her. Rose Rita und Mrs. Zimmermann standen unter der hohen Decke, ohne etwas zu sagen. Es war beinahe so wie in einer Kirche.

Mrs. Zimmermann brach schließlich das Schweigen. »Na gut«, sagte sie. »Lass uns den Picknickkorb und den Kühlbehälter holen und das Haus aufschließen. Ich bin am Verhungern.«

»Ich auch«, stimmte ihr Rose Rita zu. Doch als Mrs. Zimmermann die Tür des Farmhauses öffnete und das Licht einschaltete, erwartete sie eine böse Überraschung. Im Haus sah es aus, als ob ein Wirbelwind hindurchgefegt wäre. Überall lagen Sachen verstreut. Schubladen waren aus Kommoden und Schränken herausgerissen worden und der Inhalt auf den Boden geleert. Die Bilder hingen nicht mehr an den Wänden, sondern lehnten dagegen, und aus dem kleinen, schmalen Bücherregal, das in der Vorhalle stand, war jedes Buch herausgezogen worden.

»Ach, du gute Güte!«, entfuhr es Mrs. Zimmermann. »Was um alles in der Welt ist denn hier passiert?« Sie drehte sich um und sah Rose Rita an. Sie dachten beide das Gleiche.

Rose Rita folgte Mrs. Zimmermann in den Raum, den Oley Gunderson als sein Arbeitszimmer benutzt hatte. An einer Wand des Zimmers stand ein Rollschreibtisch aus Massivholz. Er war offen und die hinteren Fächer waren leer. Auf der Schreibtischplatte konnte man Fingerabdrücke im Staub erkennen und die Bleistifte waren aus dem Bleistiftglas gekippt worden. Alle Schubladen lagen auf dem Boden. Das Holz um die Öffnung für die unterste Schublade auf der linken Seite des Schreibtisches war zerkratzt und zersplittert – offenbar war dies die einzige abgeschlossene Schublade gewesen. In der Nähe des Schreibtisches lag eine Schublade mit einer schlimm beschädigten Vorderseite, und in der Schublade befand sich ein *Benrus*-Uhrenetui, das mit schwarzem Leder überzogen war.

Mrs. Zimmermann kniete sich hin und hob das Etui auf. Als sie es öffnete, entdeckte sie darin ein kleines, rechteckiges, mit blauem Samt bezogenes Ringkästchen. Wortlos klappte Mrs. Zimmermann das Kästchen auf und blickte hinein. Rose Rita beugte sich über ihre Schulter, um auch etwas sehen zu können.

In der unteren Hälfte des Kästchens war ein schwarzes Plüschkissen mit einem Schlitz darin. Der Schlitz schien geweitet worden zu sein, gerade so, als ob jemand versucht hätte, etwas in das Kästchen zu stopfen, das eigentlich viel zu groß dafür war. Aber was immer es gewesen sein mochte – es war verschwunden.

III. KAPITEL

Mrs. Zimmermann kniete noch immer auf dem Boden und starrte auf das leere Ringkästchen. Dann begann sie plötzlich zu lachen.

»Rubbeldikatz! Der Einbrecher, der hier am Werke war, hat sich ja einen ganz schönen Bären aufbinden lassen!«

Rose Rita war sprachlos. »Ich kapiere nicht ganz, was Sie damit meinen, Mrs. Zimmermann.«

Mrs. Zimmermann stand auf und klopfte sich den Staub vom Kleid. Sie warf das Ringkästchen verächtlich in die leere Schublade. »Ist doch alles bloß Kinderei, mein Herzblättchen, begreifst du das denn nicht? Oley muss diese lächerliche Geschichte mit dem Zauberring herumerzählt haben. Und irgendjemand hat ihm offenbar geglaubt und gedacht, dass etwas Wertvolles im Haus versteckt sei. Schließlich muss man einen Ring nicht unbedingt für einen Zauberring halten, um ihn stibitzen zu wollen. Ringe werden ja normalerweise aus kostbaren Metallen wie Gold und Silber gefertigt und einige sind mit Diamanten und Rubinen oder anderen Steinen besetzt. Nach Oleys Tod muss irgendjemand hier eingestiegen sein. Ich kann mir vorstellen, was er gefunden hat. Bestimmt einen alten Dichtungsring vom Wasserhahn, ha! Tja, nun, es hätte schlimmer kommen können. Was, wenn sie alles in Brand gesteckt hätten? Aber das Haus ist ja ein einziges Durcheinander und wir beide werden jetzt erst mal aufräumen. Auf geht's ...«

Mrs. Zimmermann plauderte immer weiter, während sie Oleys Schreibtisch wieder in Ordnung brachte, die Bleistifte in das Bleistiftglas zurücksteckte und die Radiergummis in die Fächer legte. Wem will sie denn hier was vormachen?, fragte sich Rose Rita. Sie hatte ganz genau gesehen, wie Mrs. Zimmermanns Hand gezittert hatte, als sie das kleine Kästchen öffnete. Und wie kreidebleich sie gewesen war! Es gab also wirklich einen Zauberring, sagte sich Rose Rita. Wie er wohl aussehen mochte? Und wer hatte ihn geklaut? Und was wollte er damit anfangen? Sie war da in eine ganz geheimnisvolle Sache hineingeraten! Rose Rita war so aufgeregt, dass sie sich überhaupt nicht fürchtete.

Es war beinahe Mitternacht, als sich Rose Rita und Mrs. Zimmermann endlich zu ihrem Abendessen hinsetzten. Sie legten all ihre Köstlichkeiten auf den Küchentisch und schnappten sich ein paar staubige Teller und angelaufenes Silberbesteck aus dem Schrank über der Spüle. Nach dem Schmaus war es Zeit zum Schlafen. Im ersten Stock gab es zwei nebeneinander liegende Schlafzimmer, in denen jeweils ein kleines, schmales, dunkles Eichenbett stand. Rose Rita und Mrs. Zimmermann kramten im Wäscheschrank am Ende des Flurs herum, bis sie einige Laken gefunden hatten. Sie rochen muffig, waren aber sauber. Mrs. Zimmermann und Rose Rita bezogen die Betten und wünschten sich eine gute Nacht.

Rose Rita hatte Mühe mit dem Einschlafen. Es war eine heiße, stille Nacht, kein Lufthauch regte sich. Die

Vorhänge am offenen Fenster hingen bewegungslos herab. Rose Rita drehte und wälzte sich, aber es hatte alles keinen Sinn. Schließlich setzte sie sich auf und knipste die Lampe auf dem Nachttisch an. Sie kramte aus ihrem Koffer eine Ausgabe der *Schatzinsel* hervor, die sie sich zum Lesen mitgenommen hatte, und lehnte das Kissen gegen das Kopfteil des Betts. Bis zu welcher Stelle war sie gekommen? Ach ja. Long John Silver hatte Jim gefangen genommen und die beiden suchten zusammen mit den Piraten nach dem Schatz des legendären Seeräubers Flint. Das Buch war gerade unheimlich spannend. Jim hatte ein Seil um seine Mitte gebunden und wurde von Silver, der sich munter auf seinen Krücken dahinschwang, durch den Sand gezerrt.

Klack, klack, klack. Während sie las, wurde sich Rose Rita eines Geräuschs bewusst. Anfangs dachte sie, sie bilde es sich bloß ein. Sie stellte sich oft Orte und Geräusche und Gerüche beim Lesen vor und nun hörte sie in ihrer Phantasie vielleicht den Klang von Long John Silvers Krücken. *Klack, klack, klack, klack ...* aber wie Krücken klang es ganz und gar nicht ... es erinnerte eher an eine Geldmünze, mit der jemand auf eine Schreibtischplatte klopft ... und außerdem würde ja eine Krücke im Sand gar kein Geräusch verursachen. Sie würde lediglich ...

Rose Ritas Kopf sackte nach vorn. Das Buch glitt ihr aus der Hand. Als sie bemerkte, was los war, schüttelte sie sich heftig. Was für ein Esel ich doch bin, einfach so einzuschlafen, dachte sie zuerst, doch dann fiel ihr wieder ein, dass sie ja versuchte, sich in den Schlaf zu lesen. *Klack, klack, klack.* Wieder dieses Geräusch. Ganz bestimmt bildete sie es sich nicht bloß ein. Es drang aus Mrs. Zimmermanns Zimmer! Und dann kam Rose

Rita die Erleuchtung: Das war Mrs. Zimmermann selbst, die mit ihrem Ring gegen etwas klopfte.

Mrs. Zimmermann besaß einen Ring mit einem großen, eingefassten Stein. Der Stein war purpurfarben. Mrs. Zimmermann hatte ja eine große Schwäche für alles Purpurrote. Es handelte sich nicht um einen Zauberring, es war nichts weiter als ein Schmuckstück, das ihr gefiel. Sie hatte den Ring auf Coney Island gekauft. Sie trug ihn ständig, und wenn sie über etwas nachgrübelte, klopfte sie damit gegen alles, was gerade verfügbar war – Stühle oder Tischplatten oder Bücherregale. Die Tür zwischen den beiden Zimmern war geschlossen, aber in ihrem Kopf sah Rose Rita in aller Deutlichkeit vor sich, wie Mrs. Zimmermann wach dalag, zur Decke hinaufstarrte und mit dem Ring gegen das seitliche Brett ihres Betts klopfte. Worüber sie wohl nachdachte? Über den Ring wahrscheinlich – den anderen, den geklauten. Rose Rita wäre liebend gern zu Mrs. Zimmermann hinübergegangen, um die ganze Sache zu bereden, aber sie wusste, dass das nicht der richtige Weg war. Mrs. Zimmermann würde dichtmachen und sich verschließen wie eine Muschel, wenn Rose Rita versuchen wollte, über Oley Gundersons Zauberring zu reden.

Rose Rita zuckte mit den Schultern und seufzte. Es blieb ihr wohl keine andere Wahl und sie war sowieso schon halb eingeschlafen. Sie schüttelte ihr Kissen auf, knipste das Licht aus und machte es sich in ihrem Bett gemütlich. Ehe sie sich versah, schnarchte sie friedlich.

Am nächsten Morgen suchten Rose Rita und Mrs. Zimmermann in aller Frühe beim ersten Sonnenstrahl ihre Sachen zusammen, schlossen das Haus ab und fuhren nach Petoskey. Dort frühstückten sie in einem Café und schauten bei Oleys Anwalt vorbei. Dann fuhren sie weiter in Richtung der Meerenge. Am Nachmittag überquerten sie die Meerenge von Mackinac mit einer Autofähre namens *The City of Escanaba*. Der Himmel war grau verhangen und es regnete. Die Fähre schleppte sich schwerfällig durch das aufgewühlte Gewässer. Zu ihrer Rechten konnten Mrs. Zimmermann und Rose Rita gerade noch Mackinac Island erkennen. Die Insel erinnerte an einen grauen, verschwommenen Klecks. Als die *City of Escanaba* endlich St. Ignace erreichte, kam die Sonne hinter den Wolken hervor. Nun befanden sie sich auf der Upper Peninsula, der Halbinsel im nördlichsten Teil von Michigan, und sie hatten zwei Wochen Zeit, sie zu erforschen.

Die Reise begann viel versprechend. Sie sahen sich die Tahquamenon-Wasserfälle an und fuhren am Lake Superior entlang. Sie besuchten die Pictured Rocks und fotografierten sich gegenseitig. Sie durchquerten Kiefernwälder, die wie wogende Ozeane aussahen, und hielten an Flüssen, deren Gewässer rot waren, weil sich so viel Eisen im Wasser befand. Sie besuchten Städte mit seltsamen Namen wie Ishpeming und Germfask und Ontonagon. Die Nächte verbrachten sie in Pensionen. Mrs. Zimmermann hatte eine Abneigung gegen die neuen Motelketten, die überall aus dem Boden schossen, aber sie liebte Pensionen. Alte, weiße Häuser in schattigen, kleinen Gassen, Häuser mit Veranden und grünen Fensterläden und Spalieren, an denen sich Stockrosen entlangrankten. Mrs. Zimmermann und Rose Rita verbrachten meist eine Nacht in einer dieser Pensionen. Abends setzten sie sich auf die Veranda und spielten Schach oder Karten und tranken Eistee, während draußen die Grillen zirpten. Manchmal hatte Rose Rita ein Radio im Zimmer. Dann lauschte sie den Abendspielen ihrer Lieblingsbaseball-mannschaft, den Detroit Tigers, bis sie schläfrig wurde. Morgens frühstückten sie in einem Diner oder in einem Café, ehe sie sich wieder auf den Weg machten.

Am vierten Tag ihrer Reise geschah etwas Seltsames. Es war Abend. Rose Rita und Mrs. Zimmermann spazierten die Hauptstraße einer kleinen Stadt entlang. Am Ende der Straße ging die Sonne unter und alles war in ein glühendes, orangefarbenes Licht getaucht. Sie hatten bereits gegessen und vertraten sich nach der langen Autofahrt nur noch ein wenig die Beine. Rose Rita wäre am liebsten wieder zur Pension zurückgegangen, doch Mrs. Zimmermann blieb am Schaufenster eines Trödelladens stehen. Sie hatte eine Schwäche für Trödelläden und stöberte mit Vorliebe darin herum. Sie konnte Stunden damit verbringen, Ramsch zu durchforsten, und musste manchmal mit Gewalt aus solchen Geschäften herausgezerrt werden.

Während Mrs. Zimmermann die Auslagen des Schaufensters betrachtete, bemerkte sie, dass der Laden geöffnet war. Es war bereits neun Uhr abends, aber die Besitzer von Trödelläden haben ja häufig die seltsamsten Öffnungszeiten. Mrs. Zimmermann ging hinein und Rose Rita folgte ihr. Da gab es alte Stühle mit verschlissenen Samtbezügen, Bücherregale mit einigen wenigen Büchern darin und alte Esszimmertische, auf denen eine unglaubliche Ansammlung von Ramsch lag. Mrs. Zimmermann blieb vor einem dieser Tische stehen. Sie hob einen Salz- und einen Pfefferstreuer in die Höhe, die wie ein Baseballhandschuh und ein Baseball geformt waren. In den Ball kam das Salz.

»Na, wie findest du das, Rose Rita?«, erkundigte sich Mrs. Zimmermann kichernd.

Rose Rita mochte alles, was mit Baseball zu tun hatte. »Könnte ich das vielleicht für meinen Schreibtisch kriegen, Mrs. Zimmermann? Ich find's irgendwie lustig.«

»Klar«, erwiderte Mrs. Zimmermann immer noch lachend. Sie bezahlte dem Besitzer fünfundzwanzig Cents. Dann sah sie sich weiter um. Neben einer staubigen Schüssel, die mit Perlmuttknöpfen gefüllt war, lag ein Haufen alter Fotografien. Sie waren alle auf schwere Pappe gedruckt, und die Kleider, die die Leute auf den Bildern trugen, zeigten, dass sie mächtig alt sein mussten. Mrs. Zimmermann blätterte summend durch den Stapel. Plötzlich schnappte sie nach Luft.

Rose Rita, die ganz in der Nähe stand, drehte sich um und sah Mrs. Zimmermann an. Deren Gesicht war kalkweiß, und die Hand, die die Fotografie hielt, zitterte.

»Was ist denn los, Mrs. Zimmermann?«

»Sapperlot! Komm … komm mal her, Rose Rita, und schau dir das an.«

Rose Rita trat an Mrs. Zimmermanns Seite und betrachtete das Bild, das diese ihr hinhielt. Darauf war eine Frau in einem altmodischen, bodenlangen Kleid zu sehen. Sie stand am Ufer eines Flusses und hielt ein Kanupaddel in der Hand. Hinter ihr war ein Kanu ans Ufer gezogen worden. Neben diesem Kanu saß im Schneidersitz ein Mann in einem gestreiften Jackett. Er hatte einen Fahrradlenker-Schnauzer und spielte Banjo. Der Mann sah gut aus, aber es ließ sich unmöglich sagen, wie die Dame aussah. Irgendjemand hatte ihr Gesicht mit einem Messer oder einer Rasierklinge weggekratzt.

Rose Rita begriff nicht, was Mrs. Zimmermann so aufregte. Aber während sie sich noch fragte, was los war, drehte Mrs. Zimmermann das Foto herum. Und auf der Rückseite standen die folgenden Worte zu lesen: *Florence und Mordecai. Sommer 1905.*

»Mannometer!«, rief Rose Rita. »Ist das etwa ein Foto von Ihnen?«

Mrs. Zimmermann nickte. »Ja, wahrhaftig, genau so ist es. Oder zumindest war es das, bis jemand … das hier gemacht hat.« Sie schluckte.

»Aber wie zum Kuckuck kommt denn ein Foto von Ihnen den ganzen Weg bis hierher, Mrs. Zimmermann? Haben Sie hier mal gewohnt?«

»Nein, habe ich nicht. Ich habe diese Stadt vorher noch nie in meinem Leben gesehen. Das Ganze ist … tja, nun, schon mächtig seltsam.«

Mrs. Zimmermanns Stimme zitterte beim Reden. Rose Rita merkte, dass sie diese Sache außerordentlich mitnahm. Mrs. Zimmermann verlor normalerweise nicht so schnell die Nerven und gab einem immer das Gefühl, alles unter Kontrolle zu haben.

Mrs. Zimmermann kaufte die Fotografie von dem alten Mann im Laden und nahm sie mit zurück zur Pension. Auf dem Weg dorthin erklärte sie Rose Rita, dass Hexen und Hexer Bilder auf diese Weise entstellten, wenn sie jemanden loswerden wollten. Manchmal ließen sie Wasser auf die Fotografie tropfen, bis das Gesicht getilgt war; oder sie kratzten es mit einem Messer weg. Egal, wie sie verfuhren, es war jedes Mal so, als stellten sie eine Wachspuppe einer Person her und durchbohrten sie mit Nadeln. Es war eine Möglichkeit, jemanden durch Zauberei umzubringen.

Rose Ritas Augen wurden kugelrund. »Soll das etwa heißen, dass jemand versucht, Ihnen etwas anzutun?«

Mrs. Zimmermann lachte zitterig. »Aber nein. Nein, nein, natürlich nicht. So hab ich's ja gar nicht gemeint. Diese ganze Angelegenheit … dass ich dieses Foto von mir hier finde und es … beschädigt ist, Donnerlittchen, das ist alles nichts weiter als ein großer, seltsamer Zufall. Aber wenn man so wie ich mit der Zauberei herummurkst, tja, nun, dann gehen einem die seltsamsten Sachen durch den Kopf. Was ich sagen will, ist, dass man manchmal etwas vorsichtiger sein sollte.«

Rose Rita blinzelte. »Ich glaube, ich kapiere nicht so ganz, worauf Sie hinauswollen.«

»Nun, worauf ich hinauswill, ist Folgendes: Ich werde das Foto verbrennen«, schnauzte sie Mrs. Zimmermann plötzlich an. »Und jetzt würde ich es vorziehen, nicht weiter darüber zu reden, wenn es dir recht ist.«

Später am Abend lag Rose Rita im Bett und versuchte wieder einmal einzuschlafen. Mrs. Zimmermann saß unten im Aufenthaltsraum für die Gäste und las – oder zumindest hatte sie das behauptet. Einer Eingebung folgend kletterte Rose Rita aus dem Bett und ging zum Fenster hinüber. Ihr war eingefallen, dass sie hinten im Garten einen Verbrennungsofen gesehen hatte. Und wen erblickte sie dort? Mrs. Zimmermann, die sich über das Drahtgestell des Ofens beugte, in dem irgendetwas brannte. Das rötliche Licht flackerte über ihr Gesicht. Rose Rita bekam es mit der Angst zu tun. Sie kletterte in ihr Bett zurück und versuchte zu schlafen, aber dieses Bild von Mrs. Zimmermann – wie sie so über ihr Feuer gebeugt dastand wie eine Hexe im Märchen – wollte ihr einfach nicht aus dem Kopf gehen. Was um alles in der Welt ging hier bloß vor sich?

IV. KAPITEL

Am nächsten Morgen beim Frühstück bemühte sich Rose Rita nach Kräften, Mrs. Zimmermann dazu zu bewegen, ihr etwas über die Fotografie zu erzählen, doch diese erklärte ihr ziemlich barsch, sie solle sich um ihren eigenen Kram kümmern. Das stachelte Rose Ritas Neugierde natürlich nur noch mehr an. Doch das Geheimnis blieb ein Geheimnis – zumindest für den Augenblick.

Einige Tage später befanden sie sich in einem Städtchen nahe der Grenze zum Bundesstaat Wisconsin. Sie verbrachten die Nacht wieder einmal in einer Pension. Vor dem Schlafengehen wollte Rose Rita aber noch einige Postkarten in den Briefkasten werfen. Auf dem Rückweg kam sie zufällig an der Turnhalle der Oberschule vorbei, wo an diesem Samstag eine Party in vollem Gange war. Es war ein heißer Abend und die Türen der Turnhalle standen offen. Rose Rita blieb einen Moment im Türrahmen stehen und warf einen Blick auf die Jungen und Mädchen, die sich langsam auf dem Tanzboden bewegten. Eine große Kugel, die mit kleinen Spiegeln bedeckt war, hing von der Decke herab und drehte sich. Dabei streute sie Lichtreflexe über die Tänzer unten. Der ganze Raum war in ein sanftes blau-rotes Licht getaucht. Rose Rita stand da und starrte in die Turnhalle. Es war wirklich ein wundervoller Anblick, der sich ihr da bot, und sie erwischte sich dabei, wie sie darüber nachdachte, ob solche Tanzveranstaltungen nicht vielleicht doch Spaß machen könnten. Aber als ihr Blick an der Wand entlangwanderte, bemerkte sie einige Mädchen, die dort abseits von all den anderen standen. Niemand tanzte mit ihnen. Sie standen bloß da, schauten zu und machten nicht den Eindruck, als hätten sie besonders viel Spaß.

Rose Rita fühlte sich auf einmal tieftraurig. Sie spürte, wie ihr die Tränen in die Augen stiegen. Ob sie im nächsten Jahr wohl auch zu den Mauerblümchen gehören würde? Da wäre es doch besser, in einen Zug zu klettern, nach Kalifornien rüberzufahren und ein Tippelbruder zu werden. Konnten Mädchen überhaupt Tippelbrüder werden? Wenn sie genauer darüber nachdachte, musste sie zugeben, dass sie noch nie etwas von einer Tippelschwester gehört hatte. Mädchen waren doch wirklich immer die Gelackmeierten! Sie konnten nicht mal Landstreicher werden, wenn ihnen danach war.

Rose Rita spürte auf dem restlichen Nachhauseweg, wie eine riesige Wut in ihr aufstieg. Sie stapfte die Stufen zur Pension hinauf und knallte die Tür mit dem Fliegengitter hinter sich zu. Auf der Veranda saß Mrs. Zimmermann. Sie spielte Solitaire. Als sie Rose Rita erblickte, wusste sie, dass etwas nicht stimmte.

»Was ist denn los, Rosielein? Ist dir eine Laus über die Leber gelaufen?«

»So was in der Art«, erwiderte Rose Rita mürrisch. »Kann ich mal mit Ihnen reden?«

»Aber klar doch. Setz dich«, sagte Mrs. Zimmermann und sammelte die Karten ein. »Das hier hatte

sich eh zu einem ziemlich langweiligen Spielchen entwickelt. Was hast du denn auf dem Herzen?«

Rose Rita setzte sich auf die Verandaschaukel,
schaukelte ein bisschen vor und zurück und sagte
dann unvermittelt: »Wenn ich weiter mit Luis befreundet sein will, muss ich mich dann demnächst mit ihm
verabreden oder zu irgendwelchen Tanzveranstaltungen und all so 'nem Kram gehen?«

Mrs. Zimmermann sah erstaunt aus. Sie starrte eine
Weile ins Leere und dachte nach. »Nein«, erwiderte sie
schließlich bedächtig, während sie vor und zurück
schaukelte. »Nein, meiner Ansicht nach musst du das
nicht tun. Nicht, wenn du nicht willst. Du magst Luis
ja als einen guten Freund und nicht, weil er mit einem
Blumenstrauß in der Hand als Verehrer auf deiner Tür-
schwelle auftaucht. Und so sollte es, glaube ich, auch
bleiben.«

»Mannometer, Sie sind wirklich ganz großartig,
Mrs. Zimmermann!«, rief Rose Rita plötzlich wieder
fröhlich. »Ich wünschte, Sie könnten mal mit meiner
Mutter reden. Die glaubt nämlich, Luis und ich würden nächstes Jahr heiraten oder so was in der Art.«

Mrs. Zimmermann setzte ein säuerliches Gesicht
auf. »Wenn ich mit deiner Mutter rede, würde das die
Dinge bloß verschlimmern«, erklärte sie und begann,
eine weitere Runde Solitaire zu legen. »Es würde deiner Mutter nicht gefallen, wenn ich mich in eure Fami-
lienangelegenheiten einmische. Außerdem könnte sie
Recht behalten. In achtundneunzig Prozent aller Fälle
zerbricht eine Freundschaft, wie Luis und du sie habt,
oder sie verwandelt sich in eine romantische Bezie-
hung. Es könnte gut sein, dass ihr, Luis und du, im
nächsten Jahr getrennte Wege geht.«

»Aber ich will nicht, dass das passiert«, erwiderte

Rose Rita störrisch. »Ich mag Luis. Ich mag ihn sogar sehr. Ich will doch bloß, dass alles so bleibt, wie es ist.«

»Aha! Und genau das ist das Problem!«, trompetete Mrs. Zimmermann. »Dinge bleiben *nicht* gleich, sie ändern sich. Du veränderst dich und Luis ebenso. Wer weiß, was du in einem halben oder in einem Jahr denkst, oder was er dann denkt?«

Rose Rita überlegte einen Augenblick. »Na schön«, sagte sie schließlich, »aber was wäre, wenn Luis und ich für den Rest unseres Lebens Freunde bleiben würden? Was wäre, wenn ich nicht heiraten würde, niemals? Wäre ich dann für die Leute eine alte Jungfer?«

Mrs. Zimmermann schob die Karten wieder zusammen. »Tja, nun«, sagte sie nachdenklich, »einige Leute werden wohl behaupten, dass ich jetzt schon viele Jahre das Leben einer alten Jungfer führe. Seit dem Tod meines Mannes. Die meisten Frauen hätten wohl wie der Blitz wieder geheiratet, aber als mein Honus starb, da entschloss ich mich, es für eine Weile mit dem Alleinleben zu versuchen. Und weißt du, es ist gar nicht so schlecht! Natürlich kann es nicht schaden, Freunde wie Jonathan zu haben. Aber was ich damit sagen will, ist, dass es keinen narrensicheren Weg gibt, etwas zu tun. Ich war glücklich als Ehefrau und ich bin glücklich als Witwe. Also probier verschiedene Dinge aus. Finde heraus, was dir am besten gefällt. Es gibt Menschen, die nur eine Sache bewältigen können, die nur in bestimmten Situationen funktionieren. Aber ich finde, das sind ziemlich bedauernswerte Geschöpfe, und es wäre ziemlich grauenhaft, wenn du dazu zählen würdest.«

Mrs. Zimmermann verstummte und starrte wieder ins Leere. Rose Rita saß mit offenem Mund da und wartete, ob sie noch weiterreden würde. Aber es kam nichts mehr. Als Mrs. Zimmermann sich schließlich wieder Rose Rita zuwandte und entdeckte, wie gespannt diese sie ansah, musste sie lachen.

»Predigt beendet«, erklärte sie kichernd. »Und wenn du glaubst, ich würde dir ein Nullachtfünfzehn-Rezept liefern, wie du dein Leben zu leben hast, dann bist du schief gewickelt. Auf, auf! Wie wär's mit einem kleinen Spielchen Cribbage, bevor's ins Heiabettchen geht?«

»Überredet«, erwiderte Rose Rita grinsend.

Mrs. Zimmermann kramte ihr Cribbage-Brett hervor, und sie und Rose Rita spielten so lange, bis es Zeit zum Schlafen war. Dann gingen sie zusammen nach oben. Wie immer hatten sie zwei nebeneinander liegende Zimmer, eins für Rose Rita und eins für Mrs. Zimmermann. Rose Rita wusch sich das Gesicht und putzte sich die Zähne. Dann ließ sie sich ins Bett fallen und war schon eingeschlafen, ehe ihr Kopf noch ganz auf dem Kissen lag.

Später in der Nacht, es musste so gegen zwei Uhr sein, wurde Rose Rita wach. Sie erwachte mit dem Gefühl, dass etwas nicht in Ordnung war. Dass etwas ganz und gar nicht in Ordnung war! Aber als sie sich im Bett aufsetzte und sich im Zimmer umblickte, wirkte alles vollkommen friedlich. Im Spiegel über der Frisierkommode war der Mond zu sehen, und die Laterne draußen warf ein verwirrendes schwarz-weißes Muster auf die Schranktür, das an einen Stadtplan erinnerte. Rose Ritas Kleidungsstücke lagen ordentlich gefaltet auf dem Stuhl neben dem Bett. Was war nur los?

Nun, irgendetwas ging vor sich. Rose Rita konnte es spüren. Sie fühlte sich so angespannt und unruhig und das Herz pochte ihr bis zum Hals. Langsam, ganz langsam, schlug sie die Bettdecke zurück und schlüpfte aus dem Bett. Sie benötigte einige Minuten, aber schließlich nahm sie all ihren Mut zusammen, ging zum Kleiderschrank hinüber und riss die Tür auf. Die Kleiderbügel darin schaukelten wie wild hin und her. Rose Rita stieß einen aufgeregten, kleinen Schrei aus und sprang zurück. Aber da war niemand im Schrank.

Rose Rita seufzte erleichtert auf. Jetzt kam sie sich doch albern vor. Sie benahm sich wie eine dieser alten Damen, die jede Nacht unter ihr Bett spähen, bevor sie das Licht löschen. Aber gerade als sich Rose Rita wieder hinlegen wollte, vernahm sie einen Laut. Er kam aus dem Zimmer nebenan. Rose Rita bekam es mit der Angst zu tun. He, jetzt reicht's aber, flüsterte Rose Rita. Sei nicht so ein Angsthase! Nein, jetzt konnte sie nicht einfach wieder zu Bett gehen! Sie musste nachsehen.

Die Tür zwischen dem Zimmer von Mrs. Zimmermanns und dem von Rose Rita stand einen Spalt weit offen. Rose Rita schlich langsam darauf zu und legte ihre Hand auf den Knauf. Sie drückte ihn hinunter und die Tür schwang leise nach innen auf. Rose Rita erstarrte. Da stand jemand neben Mrs. Zimmermanns Bett. Für eine schrecklich lange Sekunde stand Rose Rita mit weit aufgerissenen Augen und wie versteinert vor Furcht da. Dann stieß sie einen wilden Schrei aus und sprang ins Zimmer. Die Tür knallte gegen die Wand und irgendwie gelangte Rose Ritas Hand an den Lichtschalter. Das Deckenlicht ging an und Mrs. Zimmermann setzte sich blinzelnd und ziemlich zerknittert auf. Doch da stand niemand am Bett. Es war weit und breit niemand zu sehen.

V. KAPITEL

Mrs. Zimmermann rieb sich die Augen. Ihre Bettdecke war zerwühlt, und am Fußende ihres Betts stand Rose Rita und sah ziemlich erstaunt aus.

»Du meine Güte, Rose Rita!«, rief Mrs. Zimmermann. »Ist das vielleicht ein neues Spiel? Was um Himmels willen machst du denn hier?«

In Rose Ritas Kopf drehte sich alles. Sie fragte sich, ob sie möglicherweise gerade den Verstand verlor. Sie war sich so sicher gewesen, so absolut sicher, dass sie jemanden dabei beobachtet hatte, wie er sich in der Nähe des Kopfteils von Mrs. Zimmermanns Bett bewegte. »Mannomann, tut mir echt Leid, Mrs. Zimmermann«, sagte sie. »Ganz schrecklich Leid, Hand aufs Herz! Ich dachte, ich hätte hier drin jemanden gesehen.«

Mrs. Zimmermann drehte den Kopf zur Seite und zog die Mundwinkel in die Höhe. »Liebes«, sagte sie trocken, »du hast zu viele Nancy-Drew-Mädchenromane gelesen. Bestimmt hast du bloß mein Kleid gesehen, das hier über dem Stuhl liegt. Das Fenster ist geöffnet und es wird in der Brise ein wenig geflattert haben. Geh zurück ins Bett, du Schreihals! Wir sollten beide noch ein bisschen Schlaf in die Augen kriegen, wenn wir morgen wieder auf Achse gehen wollen.«

Rose Rita starrte auf den Stuhl, der neben Mrs. Zimmermanns Bett stand. Vom Stuhlrücken hing schlaff ein purpurrotes Kleid herab. Es war eine heiße, ruhige Nacht. Kein Lüftchen regte sich. Rose Rita konnte sich nicht vorstellen, dass sie das Kleid auf dem Stuhl mit jemandem verwechselt haben sollte, der hier im Zimmer gewesen war. Aber was genau hatte sie eigentlich gesehen? Sie wusste es nicht. Rose Rita wich verwirrt und beschämt zur Verbindungstür zurück. »D-dann gute Nacht, Mrs. Zimmermann«, stammelte sie. »T-tut mir echt Leid, dass ich Sie aufgeweckt habe.«

Mrs. Zimmermann lächelte Rose Rita freundlich an. Sie zuckte mit den Schultern. »Schwamm drüber, Rosie-Kind. Ist ja nichts passiert. Ich hatte in meinem Leben auch schon einige ziemlich wilde Albträume. Ich entsinne mich noch sehr gut an einen, wo ich … aber das sollten wir jetzt nicht weiter vertiefen. Ich erzähl dir ein anderes Mal davon. Ab mit dir ins Heiabettchen! Schlaf gut!«

»Ja, mach ich.« Rose Rita schaltete das Licht aus und ging in ihr eigenes Zimmer hinüber. Sie legte sich ins Bett, konnte aber nicht einschlafen. Sie verschränkte die Arme hinter dem Kopf und starrte zur Decke hinauf. Sorgen quälten sie. Erst diese Fotografie und jetzt das hier. Irgendwas ging da vor sich, aber sie hatte keine Ahnung, was es war. Und dann war da noch diese Geschichte mit dem Einbruch auf Oleys Farm und das leere Ringkästchen. Ob das irgendetwas mit dem zu tun hatte, was heute Nacht geschehen war? Rose Rita zermarterte sich den Kopf, aber sie konnte keine Antworten finden. Es war gerade so, als würde man zwei oder drei Stücke eines großen und komplizierten Puzzles in den Händen halten. Allein für sich genommen ergaben die Stücke keinen Sinn. Rose Rita vermutete, dass sich Mrs. Zimmermann ebenso Sorgen machte wie sie selbst. Vermutlich sogar noch mehr, da ja sie es war, der die seltsamen Dinge zustießen. Natürlich würde sich Mrs. Zimmermann nie anmerken lassen, wenn sie etwas beunruhigte. Sie war immer bereit, anderen zu helfen, behielt aber ihre eigenen Probleme für sich. Das war eben ihre Art. Rose Rita biss sich auf die Lippe. Sie fühlte sich so hilflos. Und sie wurde das Gefühl einfach nicht los, dass schon bald etwas wirklich Schlimmes passieren würde. Bloß was? Sie hatte einfach keine Ahnung.

Am nächsten Tag, gegen Abend, holperten Mrs. Zimmermann und Rose Rita ungefähr dreißig Kilometer von dem kleinen Ort Ironwood entfernt über eine zerfurchte Landstraße. Sie tuckerten seit ungefähr einer Stunde dahin und überlegten gerade, ob sie nicht besser wieder umkehren sollten. Mrs. Zimmermann hatte Rose Rita eine verlassene Kupfermine zeigen wollen, die einmal einem Freund ihrer Familie gehört hatte. Hinter jeder Straßenbiegung erwartete sie, die Mine zu sehen. Aber sie tauchte nie auf und inzwischen war Mrs. Zimmermann ziemlich entmutigt.

Die Straße war grauenhaft. Bessie rüttelte und schüttelte so hin und her, dass sich Rose Rita wie in einem Küchenmixer vorkam. Hin und wieder krachte der Wagen in ein Schlagloch oder ein Stein wurde aufgewirbelt und knallte gegen die Unterseite des Wagens. Es war wieder ein heißer Tag. Der Schweiß lief Rose Rita über das Gesicht und ihre Brillengläser beschlugen andauernd. Stechfliegen flogen summend durch die geöffneten Fenster ins Wageninnere. Sie versuchten, Rose Rita an den Armen zu stechen, und sie schlug nach ihnen, bis ihre Arme brannten.

Schließlich trat Mrs. Zimmermann auf die Bremse.

Sie stellte den Motor ab und sagte: »Kruzifix nochmal! Ich hätte dir so gern diese Mine gezeigt, aber sie muss wohl an einer anderen Straße liegen. Wir sollten jetzt wirklich besser zurückfahren, wenn wir noch … o Gott!«

Mrs. Zimmermann umklammerte das Lenkrad und sank nach vorn. Die Knöchel traten weiß unter der Haut hervor und ihr Gesicht war schmerzverzerrt. Sie presste die Hand auf ihren Bauch. »Mein … Gott!«, keuchte sie. »Ich habe … noch nie …« Sie zuckte zusammen und schloss die Augen. Als sie wieder sprechen konnte, war ihre Stimme kaum mehr als ein Flüstern. »Rose Rita?«

Rose Rita fürchtete sich fast zu Tode. Sie saß auf der Kante ihres Sitzes und ließ Mrs. Zimmermann nicht aus den Augen. »Ja, Mrs. Zimmermann? Was … was ist denn nur los? Was ist geschehen? Geht's Ihnen nicht gut?«

Mrs. Zimmermann brachte ein schwaches Lächeln zustande. »Nein, mir geht's nicht gut«, krächzte sie. »Ich glaub, ich habe eine Blinddarmentzündung.«

»Ach du Schande!« Als Rose Rita im vierten Schuljahr gewesen war, hatte ein Mitschüler auch eine Blinddarmentzündung bekommen. Seine Familie hatte geglaubt, er leide nur unter schlimmen Bauchschmerzen, bis es zu spät gewesen war. Sein Blinddarm war aufgebrochen und er war gestorben. Rose Rita fühlte, wie Panik in ihr aufstieg. »Ach du Schande!«, sagte sie wieder. »Was sollen wir denn bloß machen, Mrs. Zimmermann?«

»Ich … ich muss so schnell wie möglich in ein Krankenhaus«, erklärte Mrs. Zimmermann. »Die Sache ist nur … oh. Oh, nein, bitte nicht!« Mrs. Zimmermann sank wieder nach vorn und krümmte sich vor

Schmerz. Die Tränen liefen ihr über das Gesicht, und sie hatte sich so fest auf die Lippe gebissen, dass sie blutete. »Die Sache ist nur die ...« begann sie erneut mit keuchender Stimme, »... ich glaube nicht, dass ich fahren kann.«

Rose Rita hockte regungslos da und starrte auf das Armaturenbrett. Als sie sprach, bewegten sich ihre Lippen kaum. »Ich ... ich denke, ich kann das übernehmen, Mrs. Zimmermann.«

Mrs. Zimmermann schloss die Augen, als ihr Körper erneut von einer Schmerzwelle erfasst wurde. »Was ... was hast du gesagt?«

»Ich sagte, ich denke, dass ich das übernehmen könnte. Ich hab's mal gelernt.«

Das war nicht ganz die Wahrheit. Ungefähr vor einem Jahr war Rose Rita bei einem Vetter zu Besuch gewesen, der auf einer Farm in der Nähe von New Zebedee lebte. Er war vierzehn und konnte schon einen Traktor fahren. Rose Rita hatte ihm so lange zugesetzt, bis er ihr beibrachte, wie man die Gänge einlegte und die Kupplung trat und wieder losließ. Er hatte es ihr an einem alten, zu Schrott gefahrenen Auto gezeigt, das auf einem Feld in der Nähe des Farmhauses stand. Und nachdem er ihr einmal erklärt hatte, wie es ging, hatte Rose Rita es alleine geübt, bis ihr sämtliche Schaltpositionen in Fleisch und Blut übergegangen waren. Doch sie hatte nie wirklich hinter dem Steuer eines fahrenden Autos gesessen! Nicht mal hinter dem Steuer eines Autos mit laufendem Motor.

Mrs. Zimmermann erwiderte nichts darauf. Aber sie bedeutete Rose Rita, aus dem Wagen zu steigen. Dann schob sich Mrs. Zimmermann mühevoll auf Rose Ritas Platz hinüber und ließ sich dort mit der Hand auf dem Bauch gegen die Tür sinken. Rose Rita ging um den

Wagen herum und stieg auf der Fahrerseite ein. Sie schloss die Tür und starrte das Lenkrad an. Sie hatte Angst, doch eine Stimme in ihrem Inneren sagte ihr: Mach schon, du musst es tun. Sie kann es nicht, sie ist zu krank. Mach schon, Rose Rita.

Rose Rita rutschte nach vorn zur Kante des Fahrersitzes. Am liebsten hätte sie den ganzen Vordersitz vorgerückt, doch sie hatte Angst, Mrs. Zimmermann damit wehzutun. Glücklicherweise war Rose Rita für ihre dreizehn Jahre hochaufgeschossen, und sie war im letzten Jahr noch einmal ein ganzes Stück gewachsen. Ihre Beine waren lang genug, um an die Pedale zu kommen. Vorsichtig tippte Rose Rita aufs Gas. Ob sie es wirklich schaffen würde? Nun, es blieb ihr nichts anderes übrig, als es zu versuchen.

Mrs. Zimmermann hatte den Wagen im ersten Gang gelassen. Aber man durfte kein Auto starten, wenn es im ersten Gang war, es musste im Leerlauf sein. So hatte es der Vetter Rose Rita zumindest erklärt. Vorsichtig drückte sie das Kupplungspedal herunter. Sie drehte den Schlüssel in der Zündung und der Wagen sprang sofort an. Mit dem rechten Fuß auf dem Gas und dem linken auf der Kupplung zog sie den Hebel der Gangschaltung zu sich heran und dann nach unten. Langsam, ganz langsam ließ sie die Kupplung kommen, wie man es ihr beigebracht hatte. Der Wagen zitterte kurz und der Motor erstarb.

»Du … du musst … mehr … Gas geben«, keuchte Mrs. Zimmermann. »Wenn du … die … die Kupplung … kommen lässt … aufs Gas.«

»Geht klar.« Rose Rita war ziemlich angespannt und zitterte am ganzen Körper. Sie legte erneut den Leerlauf ein und startete den Motor. Als sie dieses Mal die Kupplung kommen ließ, presste sie das Gaspedal bis zum Boden durch. Der Wagen machte einen kleinen Hüpfer vorwärts und wieder ging der Motor aus. Offenbar war zu viel Gas genauso schlecht wie zu wenig. Rose Rita wandte sich Mrs. Zimmermann zu, um sie zu fragen, was sie jetzt tun sollte, doch Mrs. Zimmermann hatte das Bewusstsein verloren. Sie war auf sich allein gestellt.

Rose Rita biss die Zähne zusammen. Langsam wurde sie sauer. »Also schön, du kleiner Mistkäfer, das Ganze noch mal von vorn«, sagte sie mit ruhiger, fester Stimme. Sie versuchte es erneut und wieder erstarb der Motor. Auch beim vierten Mal würgte sie ihn ab. Aber danach gelang es ihr irgendwie, die Kupplung kommen zu lassen und das Gaspedal genau im richtigen Tempo zu drücken. Der Wagen fuhr langsam los.

»*Yippiiieh, Bessie, altes Haus!*«, schrie Rose Rita. Sie schrie so laut, dass Mrs. Zimmermann die Augen öffnete. Sie blinzelte und ein schwaches Lächeln erschien auf ihren Lippen, als sie sah, dass sich der Wagen bewegte. »Gut gemacht, Rosielein!«, flüsterte sie. Dann sank sie zur Seite und verlor wieder das Bewusstsein.

Irgendwie gelang es Rose Rita, den Wagen zu wenden, und sie machte sich auf den Rückweg nach Ironwood. Es war inzwischen dunkel geworden und sie musste die Scheinwerfer einschalten. Die Straße lag vollkommen verlassen da. Keine Farmen, keine Häuser. Rose Rita erinnerte sich an eine verwahrloste Hütte, an der sie vorbeigefahren waren, aber es kam ihr ziemlich unwahrscheinlich vor, dass dort jemand lebte. Nein. Wenn nicht zufällig ein Wagen vorbeikommen würde, bestand keine Aussicht auf Hilfe, bis sie die zweispurige, asphaltierte Straße erreicht hatten, die nach Ironwood zurückführte. Rose Rita schluckte schwer. Wenn es ihr doch bloß gelingen würde, den

Wagen in Bewegung zu halten, dann könnte vielleicht noch alles ein gutes Ende finden. Rose Rita warf einen kurzen Blick auf Mrs. Zimmermann. Sie lag zusammengesunken an der Tür. Ihre Augen waren geschlossen und ab und an gab sie ein leises Stöhnen von sich. Rose Rita biss die Zähne zusammen und fuhr weiter.

Bessie kroch dahin. Über Berg und Tal, über Steine und durch Schlaglöcher. Die bleichen Scheinwerfer streckten sich vor ihr in die Nacht hinaus. Motten und andere Nachtinsekten flatterten vorbei. Rose Rita kam es so vor, als würde sie durch einen dunklen Tunnel fahren. Düstere Kiefern ragten auf beiden Seiten der Straße auf. Irgendwo im Wald rief eine Eule. Rose Rita fühlte sich sehr einsam und hatte entsetzliche Angst. Sie wäre liebend gern so schnell wie möglich von diesem schrecklichen Ort verschwunden, aber die Straße war so uneben, dass sie Angst hatte, das Tempo zu erhöhen. Es war ziemlich schwierig, die Kontrolle über einen so großen, schweren Wagen zu behalten. Jedes Mal, wenn das Auto durch ein Schlagloch fuhr, ruckte das Lenkrad urplötzlich nach links oder rechts. Doch irgendwie gelang es Rose Rita, es immer wieder in die richtige Position zu bringen. Bitte, bitte, bring uns zurück, Bessie. Bring uns zurück, bevor Mrs. Zimmermann stirbt. Bitte …

Rose Rita war sich nicht sicher, wann genau es war, aber nachdem sie schon eine ganze Weile der dunklen, gewundenen Straße gefolgt war, hatte sie auf einmal das Gefühl, als ob sich noch jemand mit ihnen im Wagen befinden würde. Sie konnte sich dieses Gefühl nicht erklären, aber es war da, und es war ausgesprochen hartnäckig. Sie blickte immer wieder in den Rückspiegel, sah aber nie etwas. Nach einiger Zeit wurde das Gefühl derart übermächtig, dass Rose Rita den Wagen anhielt. Sie legte den Leerlauf ein und zog die Handbremse. Während der Wagen vor sich hin klopfte, schaltete sie das Licht im Innenraum ein und blickte nervös auf den Rücksitz. Er war leer. Rose Rita schaltete das Licht wieder aus, legte den ersten Gang ein und fuhr weiter. Doch dieses unangenehme Gefühl überkam sie immer wieder und nur mit der allergrößten Willensanstrengung schaffte sie es, nicht ständig in den Rückspiegel zu schauen. Der Wagen bog gerade um eine scharfe Kurve, als Rose Ritas Blick erneut zum Rückspiegel wanderte und sie plötzlich den Umriss eines Kopfes und zwei funkelnde Augen erblickte.

Rose Rita schrie auf und riss das Lenkrad vor Schreck nach links. Bessie kam mit quietschenden Reifen von der Straße ab und schoss eine steile Böschung hinunter. Der Wagen hüpfte, holperte und rüttelte wie wild und Mrs. Zimmermanns regloser Körper schlug erst gegen die Tür und rutschte dann quer über den Sitz gegen Rose Rita. Rose Rita hielt voller Panik das Lenkrad umklammert und versuchte verzweifelt, die Bremse zu finden. Vergeblich. Sie schossen weiter in die Dunkelheit hinein. Plötzlich hörte Rose Rita ein lautes raschelndes, knisterndes Geräusch und ein seltsamer Geruch stieg ihr in die Nase. Das Rascheln und Knistern wurde immer lauter. Endlich, endlich gelang es Rose Rita, den Fuß auf die Bremse zu stemmen. Ihr Körper wurde nach vorne geschleudert und ihr Kopf knallte gegen die Windschutzscheibe. Sie verlor das Bewusstsein.

VI. KAPITEL

Mit letzter Kraft klammerte sich Rose Rita an ein Holzstück, das im Meer dahintrieb. Irgendjemand sagte zu ihr: »Alles in Ordnung? Geht's Ihnen gut?« Was für eine dämliche Frage, dachte Rose Rita, und wer siezt mich denn da? Sie öffnete die Augen und stellte fest, dass sie nur geträumt hatte und hinter Bessies Lenkrad saß. Ein Polizist stand neben dem Wagen. Er steckte seine Hand durch das geöffnete Fenster und berührte sie vorsichtig.

»Geht's Ihnen gut, Fräulein?«

Rose Rita schüttelte benommen den Kopf. Sie befühlte ihre Stirn und ertastete dort eine Beule. »Ich … ich glaube schon. Bis auf die Beule an meinem Kopf. Ich … Was ist denn nur passiert?« Sie blickte sich um und sah, dass der Wagen in einem riesigen Wacholdergebüsch steckte. Wacholder! Das war also der seltsame Geruch gewesen! Tageslicht strömte durch die staubigen Fenster des Autos. Und da, auf dem Sitz neben ihr, lag Mrs. Zimmermann. Sie schlief. Oder war sie etwa …?

Rose Rita streckte die Hand aus und rüttelte Mrs. Zimmermann an der Schulter. »Wachen Sie auf, Mrs. Zimmermann!«, schluchzte sie. »O bitte! Wachen Sie auf!«

Rose Rita spürte, wie der Polizist sie fest am Arm packte. »Das sollten Sie besser nicht tun, Fräulein. Vielleicht hat sie ja irgendwelche Knochenbrüche erlitten. Der Krankenwagen ist unterwegs, die werden sie erst mal untersuchen, bevor sie sie bewegen. Was ist denn passiert? Sind Sie am Steuer eingeschlafen?«

Rose Rita schüttelte den Kopf. »Ich habe versucht, Mrs. Zimmermann ins Krankenhaus zu fahren. Sie ist unterwegs ganz plötzlich krank geworden. Ich hab's mit der Angst zu tun gekriegt und bin von der Straße abgekommen. Ich bin doch erst dreizehn und habe gar keinen Führerschein. Stecken Sie mich jetzt ins Gefängnis?«

Der Polizist lächelte Rose Rita an. »Dreizehn Jahre erst? Nein, nein, junge Dame. Dieses Mal kommst du noch ungeschoren davon. Aber ich finde, dass es nicht besonders klug von dir war, zu versuchen, den Wagen zu fahren, selbst wenn's ein Notfall gewesen ist. Du hättest dich umbringen können. Wenn diese Büsche hier nicht gewesen wären, *hättest* du dich umgebracht. Und deine Freundin auch. Aber ihre Atmung ist regelmäßig. Ich habe sie mir vor einer Minute angesehen. Wir müssen bloß auf den Krankenwagen warten.«

Kurz darauf hielt ein großer, weißer Krankenwagen mit einem roten Kreuz an der Seite neben dem Polizeiauto oben an der Straße. Zwei Männer in weißen Uniformen stiegen aus und kletterten vorsichtig die Böschung hinunter. Sie hatten eine Trage bei sich. Als sie den Wagen erreichten, kam Mrs. Zimmermann gerade zu sich. Die beiden Männer untersuchten sie, und als sie sich davon überzeugt hatten, dass sie bewegt werden konnte, zogen sie Mrs. Zimmermann vorsichtig aus dem Wagen und legten sie auf die Trage. Langsam stiegen sie mit ihr den Abhang hinauf. Als sie sicher im

Krankenwagen untergebracht war, kletterten sie erneut die Böschung hinunter, um sich um Rose Rita zu kümmern. Es stellte sich heraus, dass sie zwar ein paar blaue Flecken hatte und ihr der Schreck ganz schön in die Glieder gefahren war, ihr aber ansonsten nichts weiter fehlte. Rose Rita kletterte allein die Böschung hinauf und stieg hinten zu Mrs. Zimmermann in den Krankenwagen. Und mit heulenden Sirenen ging es Richtung Ironwood.

Die nächsten drei Tage verbrachte Mrs. Zimmermann im Krankenhaus des Ortes. Die rätselhaften Schmerzen kehrten nicht zurück, und die Ärzte erklärten ihr, dass es mit Sicherheit keine Blinddarmentzündung gewesen war. Mrs. Zimmermann war verwirrt und ängstlich. Irgendwie war es schlimmer, nicht zu wissen, was die Schmerzen verursacht hatte, und der Gedanke, dass sie jederzeit wiederkehren könnten, reichte aus, sie überaus nervös zu machen. Es schien so, als lebte sie mit einer Zeitbombe, die jeden Moment losgehen konnte.

Also blieb Mrs. Zimmermann notgedrungen im Bett und ließ eine ganze Reihe von Tests über sich ergehen, auch wenn ihr das ganz und gar nicht passte. Schwestern piksten sie mit Nadeln und nahmen ihr Blut ab. Sie verabreichten ihr abscheulich schmeckende Arzneien und trugen Markierungen in Diagramme ein. Mrs. Zimmermann wurde geröntgt und vor merkwürdige Maschinen gesetzt. Hin und wieder kam ein Arzt vorbei, um mit ihr zu reden, aber auf ihre Fragen bekam sie nie eine zufrieden stellende Antwort.

Rose Rita blieb ebenfalls im Krankenhaus und wurde sozusagen Mrs. Zimmermanns Untermieterin. Diese hatte den Ärzten die Situation erklärt und jedem, der sie sehen wollte, ihre Versicherungspolice unter die Nase gehalten (die sie für alle Fälle ständig in ihrer Handtasche mit sich herumtrug). In der hieß es klipp und klar, dass sie Anspruch auf ein Privatzimmer hatte. In dem Privatzimmer standen zwei Betten und Rose Rita schlief in einem davon. Sie spielte Karten und Schach mit Mrs. Zimmermann und hörte sich die Abendbaseballspiele im Radio an. Zufällig spielten die White Sox gerade in Detroit, und Mrs. Zimmermann war ein White-Sox-Fan, weil sie einmal in Chicago gelebt hatte. Daher machte es Rose Rita viel Spaß, für die gegnerische Seite Partei zu ergreifen und sich sogar ein bisschen dabei mit Mrs. Zimmermann zu streiten – aber nie wirklich ernsthaft.

Manchmal, wenn es ihr zu langweilig wurde, im Krankenhauszimmer herumzusitzen, ging Rose Rita hinaus und spazierte durch Ironwood. Sie besuchte die öffentliche Bibliothek und schaute sich am Samstag eine Nachmittagsvorstellung im Kino an. Oder sie erforschte die Umgebung. Ab und zu verlief sie sich, aber die Leute waren sehr nett zu ihr und halfen ihr, den Weg zum Krankenhaus zurück zu finden.

Als Mrs. Zimmermann den dritten Tag im Krankenhaus lag, kam Rose Rita auf ihrer nachmittäglichen Erkundungstour an einem leeren Grundstück vorbei, auf dem ein paar Jungs Würfe übten. Sie hatten aber nicht genug Leute, um Mannschaften für ein richtiges Baseballspiel zu bilden. Als sie Rose Rita sahen, fragten sie, ob sie Lust hätte, mitzuspielen.

»Und ob!«, rief Rose Rita. »Aber egal, für welche Seite ich spiele, ihr müsst mich werfen lassen.«

Die Jungs sahen sich einen Moment lang an, aber nach einer kurzen Beratung kamen sie zu dem Entschluss, Rose Rita werfen zu lassen, wenn sie es unbedingt wollte. Rose Rita liebte Baseball, und sie war ganz verrückt danach zu werfen. Sie war das einzige Mädchen an der ganzen Schule, das einen richtigen Bogenwurf zustande brachte. Außerdem gehörten zu ihrem Repertoire noch Verzögerungswürfe und Bogenlampenwürfe, und sie schaffte sogar einen Knöchelball, wenn auch nicht besonders gut, denn es ist unheimlich schwer, einen Baseball mit den Knöcheln zu halten. Für ihren von unten geworfenen Schleuderball war sie sogar richtiggehend berühmt – so berühmt, dass man sie bei schwächeren Mitschülerinnen, die mit dem Schlagen an der Reihe waren, sogar bat, diesen Ball lediglich zu lobben, damit diese Spielerinnen nicht ständig ausgeworfen wurden.

So kam es also, dass Rose Rita mit einem Haufen Jungs, die sie nie zuvor gesehen hatte, Baseball spielte. Sie fing eine Menge hart geschlagener Bälle und erwischte sogar einige schwierige Linienbälle mit der nackten Hand. Sie warf ziemlich gut, bis sie einen großen, stämmigen Burschen mit einem Bürstenschnitt auswarf. Der hielt sich für einen ziemlich guten Baseballspieler, und es passte ihm ganz und gar nicht, von einem Mädchen ausgeworfen zu werden. Also begann er Rose Rita das Leben sauer zu machen. Er nannte Rose Rita zum Beispiel Brillenschlange und gab sich jedes Mal, wenn seine Mannschaft das Spielfeld betrat, ganz besondere Mühe, dicht an ihr vorbeizulaufen, um ihr einen kräftigen Schubser zu versetzen und mit fieser, spöttischer Stimme »Hoppla, das tut mir jetzt aber Leid, gnädiges Frollein!« zu sagen. Kurz vor Ende des Spiels gelang Rose Rita, als ihre Mannschaft wieder das Schlagrecht hatte, ein sehr langer Schlag. Aber als sie mit dem Kopf voraus auf das dritte Mal zuhechtete, war da plötzlich der Flegel mit dem Bürstenschnitt. Er hatte den Ball bereits in der Hand. Er hätte Rose Rita ganz leicht an der Schulter oder am Arm oder auch am Rücken abklatschen können, doch stattdessen rammte ihr der Schafskopf den Ball mitten in den Mund. Das tat richtig weh. Das Spiel wurde unterbrochen, während sich Rose Rita nach Kräften bemühte, nicht zu weinen. Sie untersuchte ihre Vorderzähne, um sicherzugehen, dass sie sich nicht gelockert hatten, und rieb sich vorsichtig über die geschwollene Unterlippe. Wenige Minuten später spielte sie weiter.

Als die gegnerische Mannschaft zum neunten Mal am Schlag war und der Bürstenschnitt für sie warf, traf Rose Rita den Ball so gut, dass sie einen Lauf um sämtliche Male absolvieren konnte. Da die Male außerdem alle besetzt waren, gewann sie damit das Spiel für ihre Mannschaft. Als sie über das Schlagmal hinweglief, versammelten sich alle Jungs ihrer Mannschaft um sie und schrien: »Rose Rita, sie lebe hoch, hoch, hoch!« Rose Rita fühlte sich großartig. Doch dann bemerkte sie, dass der Bursche, der sie ständig gepiesackt hatte, auf dem Wurfhügel stand und sie wütend anstarrte.

»He du, Brillenschlange!«, schrie er. »Du hältst dich wohl für ganz was Besonderes, wie?«

»Ja, das tu ich«, schrie Rose Rita zurück. »Und was geht dich das an?«

»Werde ich dir doch nicht verraten, Blindfisch! Aber mich würde mal interessieren, wie gut du dich mit Baseball wirklich auskennst!«

»Besser als du, so viel ist klar«, schnauzte ihn Rose Rita an.

»Ach ja? Dann beweis das mal.«

»Und was soll das wieder heißen?«

»Lass uns doch ein kleines Quiz machen, wer mehr über Baseball weiß. Na, wie wär's? Hast du etwa Schiss?

Angsthase, Angsthase! Hoppel, hoppel, hoppel!« Der Junge hüpfte mit hochgestrecktem Hinterteil durch die Gegend, was ziemlich albern aussah.

Rose Rita grinste. Diese Chance durfte sie sich nicht entgehen lassen. Wie es der Zufall so wollte, war Rose Rita eine echte Baseball-Expertin. Sie kannte sämtliche Daten und Fakten, was diesen Sport anging. Zum Beispiel wusste sie, wie hoch Ty Cobbs Trefferquote während seiner gesamten Karriere gewesen war und kannte die Anzahl sämtlicher Dreifachspiele, die jemals dokumentiert worden waren. Sie kannte sich sogar mit Smead Jolleys ›großartigem‹ Rekord aus, bei dem er sich einmal vier Fehler bei einem einzigen gespielten Ball geleistet hatte. Und so war sie sich sicher, dass sie diesen neunmalklugen Hosenscheißer schon schlagen und sich für die dicke Lippe revanchieren würde, die er ihr verpasst hatte.

Die Jungs bildeten einen Kreis um die beiden Widersacher. Einer von ihnen, ein blonder Bursche mit tränenden Augen, der schrecklich durch die Nase sprach, wurde auserkoren, sich Fragen auszudenken. Anfangs war es ein ziemlich harter Kampf. Der Bürstenschnitt entpuppte sich als ein recht guter Kenner der Baseballgeschichte. Er kannte die besten Werfer, wusste, wer der letzte Werfer war, der dreißig Spiele in einer Saison gewonnen hatte, und hatte auch sonst ziemlich Ahnung von der Materie. Doch Rose Rita kannte ebenfalls all die Antworten, die der Bürstenschnitt kannte, und daher verwandelte sich die ganze Angelegenheit in einen unangenehmen und erbitterten Zweikampf, der sich eine ganze Weile hinzog, ohne dass es einem von ihnen gelungen wäre, einen Vorsprung herauszuschinden. Am Ende gewann Rose Rita dann doch, weil sie wusste, dass es Bill Wambsganss von den Cleveland Indians gewesen war, der es als Einziger geschafft hatte, in einem Spiel der World Series ein Dreifachspiel ohne die Unterstützung seiner Mitspieler erfolgreich zu vollenden. Der Bürstenschnitt bekam zuerst die Chance, die Frage zu beantworten, musste aber passen. Und als Rose Rita an der Reihe war, antwortete sie wie aus der Pistole geschossen. Einige der Jungs schrien: »Rose Rita, sie lebe hoch, hoch, hoch!«, und kamen sogar auf sie zugestürmt, um ihr die Hand zu schütteln.

Der Bürstenschnitt lief krebsrot an. Er war vorher schon sauer gewesen, aber jetzt war er fuchsteufelswild. »Du hältst dich wohl für eine ganz Oberschlaue, stimmt's?«, zischte er.

»Und ob«, erwiderte Rose Rita fröhlich.

Der Bürstenschnitt stemmte die Hände in die Seiten und blickte ihr geradewegs in die Augen. »Weißt du was? Also, wenn du mich fragst, ich halte dich für ein ziemlich komisches Mädchen. Ein echt komisches Mädchen.«

Es war eine dumme Bemerkung, aber sie verletzte Rose Rita tief. Es war wie ein Schlag ins Gesicht für sie. Zum Erstaunen aller brach sie in Tränen aus und rannte vom Spielfeld. *Ein echt komisches Mädchen.* Rose Rita hatte schon früher gehört, dass Leute das über sie gesagt hatten, und was noch viel schlimmer war, sie dachte selbst so über sich. Wie oft hatte sie sich schon gefragt, ob wohl etwas nicht mit ihr stimmte. Sie benahm sich wie ein Junge, aber sie war ein Mädchen. Sie war mit einem Jungen befreundet, dem sie alles anvertraute, obwohl die meisten Mädchen, die sie kannte, nur Freundinnen als engste Vertraute hatten. Sie hatte keine Lust, zu Verabredungen zu gehen, wie einige ihrer Mitschülerinnen, die das auch noch ganz toll fanden. Ein komisches Mädchen – Rose Rita bekam diesen Satz einfach nicht aus ihrem Kopf.

Sie blieb an der Straßenecke stehen, zog ihr Taschentuch hervor und betupfte sich die Augen, ehe sie sich kräftig schnäuzte. Ihr Gesicht glühte. Inzwischen war sie wütend auf sich, wütend, weil sie es zugelassen hatte, dass dieser doofe Kerl sie so auf die Palme brachte. Sie marschierte weiter und sagte sich, dass es jede Menge gab, auf das sie stolz sein konnte: Sie hatte das Spiel für ihre Mannschaft praktisch allein gewonnen und dann auch noch das Baseball-Quiz – trotz allem, was nachher passiert war. Sie begann laut zu pfeifen und nach einer Weile fühlte sie sich besser. Sie entschloss sich, zu Mrs. Zimmermann ins Krankenhaus zurückzukehren.

Als Rose Rita Mrs. Zimmermanns Krankenzimmer betrat, geriet sie mitten in eine Auseinandersetzung. Mrs. Zimmermann saß aufrecht im Bett und stritt sich mit einem besorgt aussehenden jungen Arzt.

»Aber Mrs. Zimmermann«, flehte der Doktor, »Sie gehen ein ganz *furchtbares* Risiko ein, was Ihre Gesundheit betrifft! Wir bräuchten nur noch einen weiteren Tag oder zwei, dann wüssten wir bestimmt, was Ihnen …«

Mrs. Zimmermann unterbrach ihn ungeduldig. »Aber gewiss doch. Wenn ich noch ein ganzes Jahr hier bliebe und wenn ich ganz still daliegen würde, bis ich wund wäre, hätten Sie bestimmt ein ganz wunderbares Mittel dagegen, stimmt's? Tja, mein Lieber, es tut mir Leid. Ich habe schon genug Zeit hier verschwendet. Morgen früh machen Rose Rita und ich uns wieder auf den Weg. Die Straße ruft! Ihr seid doch bloß ein Haufen von Quacksalbern hier, wie die meisten Doktoren.«

»Aber, aber, Mrs. Zimmermann, jetzt muss ich doch sehr bitten! Wir haben uns ausgesprochen bemüht, freundlich zu Ihnen zu sein, und uns ziemlich angestrengt, herauszufinden, woher Ihre Schmerzen stammen. Bloß weil all unsere Tests negativ waren, ist das noch lange kein Grund …«

Der Arzt redete weiter und weiter und dann mischte sich Mrs. Zimmermann wieder ein. Rose Rita setzte sich in einen Sessel und versteckte sich hinter einer Ausgabe von *Heim und Herd*. Sie hoffte, dass die beiden sie gar nicht bemerken würden. Die Auseinandersetzung zog sich eine ganze Weile hin. Der Doktor sprach mit flehender Stimme, und Mrs. Zimmermann antwortete in einer so gemeinen und beleidigenden Weise, wie sie Rose Rita an ihr noch niemals zuvor erlebt hatte. Am Ende gewann Mrs. Zimmermann. Der junge Arzt gab sein Einverständnis, dass sie das Krankenhaus morgen früh verlassen dürfte, wenn sie es so wünschte.

Mrs. Zimmermann sah zu, wie er sein Klemmbrett, das Stethoskop und seine Arzttasche zusammensuchte. Als sich die Tür hinter ihm schloss, hob sie die Hand und bedeutete Rose Rita, ans Bett zu treten.

»Rose Rita«, sagte sie. »Wir stecken in Schwierigkeiten.«

»Tun wir das?«

»Und wie. Ich hatte mein Kleid in die Reinigung gegeben. Du weißt schon, das Kleid, das ich getragen habe, als ich diese Schmerzen hatte. Dasselbe Kleid, das in jener Nacht über dem Stuhl neben Bett lag, als du dachtest, es wäre jemand in meinem Zimmer. Weißt du noch?«

Rose Rita nickte.

»Heute kam das Kleid aus der Reinigung zurück –

und sieh nur, was noch dabei war.« Mrs. Zimmermann öffnete die Schublade des Nachttisches, der neben ihrem Bett stand. Sie zog einen kleinen, braunen Umschlag hervor und schüttelte den Inhalt in Rose Ritas Hand. Rose Rita sah eine schmale, goldene Sicherheitsnadel und einen kleinen Papierstreifen. Auf dem Papier waren Worte in roter Tinte zu erkennen, die sie aber nicht zu entziffern vermochte.

»Was ist das?«

»Ein Zaubermittel. Die Leute in der Reinigung haben es gefunden. Es war an die Innenseite des Kleides gesteckt. Keine Sorge, das kann dir nichts anhaben. Diese Dinge funktionieren immer nur bei einer Person für eine gewisse Zeit.«

»Wollen Sie damit … soll das etwa heißen …«

»Genau, mein Honigpferdchen. Dieser kleine Papierstreifen hier hat meine Schmerzen in jener Nacht verursacht.« Mrs. Zimmermann lachte grimmig. »Ich frage mich bloß, was unser Dr. Neunmalklug wohl *dazu* gesagt hätte! Tut mir übrigens Leid, dass ich so fies zu ihm war, aber das musste ich, sonst hätte er uns nicht gehen lassen.«

Rose Rita bekam es mit der Angst zu tun. Sie legte den kleinen Zettel und die Nadel auf den Tisch und wich zurück. »Mrs. Zimmermann, was machen wir denn jetzt?«

»Ich hab nicht den geringsten Schimmer, Rosielein, wirklich nicht. Irgendjemand ist hinter mir her – so viel steht fest. Aber wer es ist oder aus welchem Grund, das weiß ich ganz und gar nicht. Ich habe zwar die eine oder andere Idee, aber die möchte ich dir im Moment nicht weiter erläutern, wenn du erlaubst. Ich erzähle dir das alles bloß, damit du kein schlechtes Gewissen hast, weil du in jener Nacht von der Straße abgekommen bist. Du hattest jedes Recht, dich zu fürchten. Diese Kreatur, die du da auf dem Rücksitz gesehen hast ... tja, nun, die gab's nicht bloß in deiner Phantasie. Die war schon echt.«

Rose Rita erschauerte. »A-aber was war das denn nur?«

»Im Moment möchte ich nichts dazu sagen«, erwiderte Mrs. Zimmermann. »Aber eins ist sicher: Wir müssen zusehen, dass wir nach Hause kommen, und zwar fix. Ich brauche meine Ausgabe des *Malleus Maleficarum*.«

»Des was, bitte schön?«

»*Malleus Maleficarum*. Das ist ein Buch, das vor langer Zeit einmal von einem Mönch verfasst worden ist. Der Titel bedeutet *Der Hexenhammer*. Dieses Buch ist eine Waffe, die benutzt werden kann, um die Angriffe derjenigen abzuwehren, die mit schwarzer Magie herumspielen. Darin finden sich Zaubersprüche, die mir nützlich sein werden. Ich hätte sie mir schon vor langer Zeit mal einprägen sollen, hab's aber nicht getan. Daher benötige ich das Buch, und es ist nicht die Art von Schriftwerk, die sich unbedingt in jeder Bibliothek finden lässt. Morgen früh machen wir uns auf den Nachhauseweg. Ich möchte dir keine Angst einjagen, aber ich dachte mir, du würdest dich mehr fürchten, wenn ich weiter geheimnisvoll tue.«

Rose Rita deutete auf den Papierschnipsel. »Und was fangen Sie damit an?«

»Sieh gut zu.« Mrs. Zimmermann nahm ein Streichholzheftchen aus der Schublade ihrer Nachtkommode. Sie legte das Papierchen in einen Aschenbecher und zündete es an. Während es verbrannte, vollführte sie ein Kreuzzeichen über dem Aschenbecher und murmelte ein seltsam klingendes Gebet. Rose Rita beobachtete sie fasziniert. Sie verspürte zwar Furcht, aber sie fand das alles zugleich auch schrecklich aufregend, ganz so, als hätte man sie aus ihrem alltäglichen Leben herausgerissen und mitten in ein Abenteuer gesteckt.

Am Abend half Rose Rita Mrs. Zimmermann beim Packen. Dann suchte sie auch ihre eigenen Sachen zusammen. Mrs. Zimmermann erklärte ihr, dass Bessie sich auf dem Parkplatz hinter dem Krankenhaus befände. Ein Abschleppwagen hatte sie aus dem Wacholdergebüsch hervorgezogen und die Mechaniker der Autowerkstatt im Ort hatten sie sich genau angesehen. Bessie war voll getankt, ihr Ölstand überprüft, ihr Lack sauber poliert, und sie war bereit, wieder auf große Fahrt zu gehen. Eine Krankenschwester betrat mit einigen Unterlagen, die Mrs. Zimmermann unterschreiben musste, das Zimmer. Der junge Doktor schaute noch einmal vorbei und wünschte Mrs. Zimmermann mit ziemlich kühler Stimme eine gute Fahrt. Alles war bereit. Rose Rita und Mrs. Zimmermann krochen ins Bett und versuchten, ein wenig zu schlafen.

Anfangs war Rose Rita viel zu aufgeregt, um einschlafen zu können, aber als es auf Mitternacht zuging, fielen ihr doch die Augen zu. Doch dann, mit einem Mal, bevor sie so richtig verstand, wie ihr geschah, war sie wieder wach. Mrs. Zimmermann stand an ihrem Bett. Sie schüttelte sie und leuchtete ihr mit einer Taschenlampe in die Augen.

»Mach schon, Rose Rita! Wach auf!«, zischte Mrs. Zimmermann. »Wir müssen los! Sofort!«

Rose Rita schüttelte den Kopf und rieb sich die Augen. Sie tastete nach ihrer Brille und setzte sie auf. »Wa-was ist denn los?«

»Wach auf, sag ich! Wir fahren zur Farm. Jetzt. Sofort. Mach schon, wir müssen los.«

Rose Rita war vollkommen verwirrt. »Zur *Farm*? Aber … aber Sie haben doch gesagt …«

»Ist doch vollkommen gleich, was ich gesagt habe. Zieh dich an und folge mir. Wir fahren zurück zur Farm, um … um was zu holen, was ich da vergessen habe. Los, los, jetzt mach schon!« Sie schüttelte Rose Rita erneut ziemlich grob und leuchtete ihr mit der Taschenlampe in die Augen. Rose Rita hatte noch nie erlebt, dass sich Mrs. Zimmermann so benahm. Ihr Ton war scharf und ihr Vorgehen fast schon brutal. Es war beinahe so, als sei eine Fremde in Mrs. Zimmermanns Haut geschlüpft. Und diese Sache mit der Farm, wie sollte sie das verstehen? Schließlich hatten sie doch geplant, auf schnellstem Wege nach Hause zu fahren!

Während Rose Rita sich anzog, verbarg sich Mrs. Zimmermann starr und regungslos hinter dem weißen, blendenden Schein der Taschenlampe. Rose Rita vermochte ihr Gesicht nicht zu sehen, und sie war sich auch nicht sicher, ob sie es überhaupt wollte. Als sie sich fertig angekleidet hatte, griff Rose Rita nach ihrem Koffer und folgte Mrs. Zimmermann. Sie schlichen auf Zehenspitzen zur Tür, öffneten sie einen Spalt weit und spähten in den langen, dunklen Flur hinaus. Ganz am Ende saß eine Krankenschwester dösend hinter einem Schreibtisch. An der Wand über ihrem Kopf summte eine elektrische Uhr. Das ganze Krankenhaus schien in tiefem Schlaf zu liegen.

»Gut!«, flüsterte Mrs. Zimmermann und schritt den Flur entlang zur Treppe zum Parkplatz hinter dem Krankenhaus. Rose Rita schlich hinter ihr her. Dort im Mondlicht wartete Bessie, der grüne Plymouth, und starrte wie immer geduldig vor sich hin. Rose Rita verstaute das Gepäck im Kofferraum. Mrs. Zimmermann startete den Wagen und sie fuhren davon.

Es war eine lange, heiße, staubige Fahrt, die den ganzen Tag dauerte und sie von Westen nach Osten beinahe schnurgerade über die gesamte Länge der Upper Peninsula führte. Normalerweise machte es Spaß, mit Mrs. Zimmermann zu reisen. Sie lachte viel, erzählte Witze, sang Lieder und redete wie ein Buch. Wenn man sie nur lange genug plagte, vollführte sie sogar kleine Zaubertricks, holte Streichhölzer aus dem Nichts hervor oder tat so, als käme ihre Stimme aus dem Unkraut am Straßenrand. Aber nun sagte sie keinen Ton. Sie schien über etwas nachzubrüten, wollte Rose Rita aber nicht sagen, was es war. Und Mrs. Zimmermann war nervös, ausgesprochen nervös. Ihr Blick wanderte unruhig von einer Seite zur anderen, und manchmal wurde sie sogar derart rappelig, dass sie beinahe von der Straße abkamen. Rose Rita saß stocksteif in ihrer Ecke an der Tür, die verschwitzten Hände an den Seiten. Sie hatte keine Ahnung, was sie tun oder sagen sollte.

Über der Meerenge von Mackinac ging gerade die Sonne unter, als Bessie tuckernd auf den Parkplatz der Fähranlegestelle von St. Ignace einbog. Das Schiff hatte gerade abgelegt und Mrs. Zimmermann und Rose Rita mussten eine volle Stunde auf das nächste warten. Sie saßen schweigend da. Keine von beiden sagte die ganze Zeit über auch nur ein einziges Wort. Rose Rita ging los und kaufte ein paar Butterbrote. Das war ihre eigene Idee – Mrs. Zimmermann hatte unterwegs nicht angehalten, um etwas zu essen. Endlich legte die nächste Fähre an. Sie nannte sich *Grand Traverse Bay*. Der Himmel war schon dunkel und der Mond ging über der Meerenge auf, als Mrs. Zimmermann Bessie über den klappernden Landungssteg in den schwarzen, hallenden Laderaum des Schiffes fuhr.

Als der Wagen geparkt war und die Keile unter die Räder gelegt worden waren, öffnete Rose Rita die Tür, um auszusteigen, bemerkte jedoch, dass Mrs. Zimmermann regungslos hinter dem Lenkrad verharrte.

»Mrs. Zimmermann?«, sprach Rose Rita sie mit zittriger Stimme an. »Wollen Sie denn nicht mit nach oben kommen?«

Mrs. Zimmermann zuckte zusammen und schüttelte den Kopf. Sie starrte Rose Rita an, als habe sie sie noch nie zuvor gesehen. »Nach oben? Oh … ja. Aber gewiss. Ich komme.« Sie stieg aus dem Wagen und stapfte wie ein Schlafwandler die Treppe zum Deck hinauf.

Es hätte eine wunderschöne Überfahrt werden können. Der Mond schien und tauchte die Decks und das gekräuselte Wasser der Meerenge in ein silbriges Licht. Rose Rita versuchte, Mrs. Zimmermann dazu zu bewegen, mit ihr auf dem Deck spazieren zu gehen, doch diese saß wie aus Stein gemeißelt auf einer Bank und starrte auf ihre Füße. Rose Rita hatte Angst. Das hier war kein Abenteuer mehr. Sie wünschte sich von ganzem Herzen, dass sie diese Reise nie unternommen hätten. Wären sie doch nur wieder in New Zebedee. Zu Hause hätte es Onkel Jonathan oder Doc Humphries oder sonst irgendjemand bestimmt geschafft herauszufinden, was mit Mrs. Zimmermann los war, und sie dazu bringen können, wieder sie selbst zu sein. Rose Rita hatte das Gefühl, gar nichts für Mrs. Zimmermann tun zu können. Sie fühlte sich vollkommen hilflos. Es blieb ihr nichts anderes übrig, als mitzutrotten. Mitzutrotten und abzuwarten.

Ungefähr eine Stunde später fuhren Mrs. Zimmermann und Rose Rita die Schotterstraße entlang, die zu Oley Gundersons Farm führte. Sie kamen an Gertie Biggers Laden vorbei und sahen, dass er geschlossen war. Ein winziges Nachtlicht brannte auf der Veranda.

Rose Rita hielt es nicht mehr länger aus. »Mrs. Zimmermann«, platzte sie heraus. »Warum fahren wir zur Farm zurück? Was soll das alles?«

Zuerst schwieg Mrs. Zimmermann. Dann erwiderte sie mit matter, schleppender Stimme: »Ich habe keine Ahnung, warum. Ich muss hier was erledigen, aber ich kann mich nicht daran erinnern, was es ist.«

Sie fuhren weiter. Schotter knackte unter den Autoreifen, und ab und an peitschten lange Zweige gegen die Türen oder über das Dach des Wagens hinweg. Dann begann es zu regnen. Dicke Tropfen platschten gegen die Windschutzscheibe und Rose Rita vernahm das dumpfe Grollen eines heraufziehenden Gewitters. Blitze zuckten vor dem Wagen herab. Sie erreichten die Farm. Als sie in den Hof einbogen, erleuchtete ein greller Blitzstrahl die Vorderseite der Scheune und erhellte die beiden Fensteraugen und das gähnende Maul der Tür. Es glich dem Maul eines Monsters, das sich öffnete, um sie zu verschlingen.

Da es draußen regnete, benutzten Rose Rita und Mrs. Zimmermann den langen, überdachten Weg, der von der Scheune zum Haus führte. Aber als sie die Tür aufschlossen und versuchten, das Licht einzuschalten, geschah nichts. Mrs. Zimmermann hatte vergessen, Oleys überfällige Stromrechnung zu bezahlen, und mittlerweile war der Strom abgedreht worden. Nachdem Mrs. Zimmermann eine Weile in einem Schrank herumgekramt hatte, fand sie eine Kerosinlampe. Sie zündete sie an und stellte sie auf den Küchentisch. Rose Rita öffnete den Picknickkorb, und sie nahmen

Platz, um die Butterbrote zu essen, die Rose Rita gekauft hatte. Sie aßen schweigend. In dem rauchigen, gelben Licht sah Mrs. Zimmermanns Gesicht verhärmt und erschöpft aus. Außerdem machte sie einen angespannten Eindruck, einen sehr angespannten sogar, ganz so, als warte sie darauf, dass etwas passieren würde. Rose Rita blickte unruhig über ihre Schulter. Hinter dem hellen Kreis des freundlichen Lampenlichts lag das Haus in tiefem Schatten. Bei der Treppe war es stockfinster. Rose Rita bekam ein ganz mulmiges Gefühl in der Magengrube, als sie daran dachte, dass sie diese Stufen schon bald zu ihrem Bett hinaufsteigen musste. Sie wollte gar nicht ins Bett. Sie wollte keine Minute länger in Oleys Haus bleiben. Am liebsten hätte sie Mrs. Zimmermann in den Wagen verfrachtet und dazu gezwungen, nach New Zebedee zurückzufahren – selbst wenn die Fahrt vielleicht die ganze Nacht gedauert hätte. Aber Rose Rita gab keinen Mucks von sich. Welcher Zauber auch immer über Mrs. Zimmermann liegen mochte, er lag ebenso über Rose Rita. Sie fühlte sich vollkommen machtlos.

Draußen goss es in Strömen. Über der Veranda befand sich ein Blechdach, auf das der Regen wie verrückt prasselte. Schließlich gab sich Rose Rita einen Ruck, schob ihren Stuhl zurück und stand auf.

»Ich finde, wir … wir sollten ins Bett gehen, Mrs. Zimmermann«, erklärte sie krächzend. Ihre Stimme klang schwach.

»Geh du nur, Rose Rita. Ich werde noch hier unten bleiben und … und etwas nachdenken.« Mrs. Zimmermanns Stimme dagegen hörte sich hölzern und mechanisch und unglaublich erschöpft an. Ganz so, als spreche sie im Schlaf.

Rose Rita wich ängstlich zurück. Sie hob ihren Koffer auf, nahm ihre Taschenlampe heraus und ging zur Treppe. Als Rose Rita mit der Taschenlampe in der Hand die Stufen hinaufstieg, tanzten ihr Schatten und der des Geländers unheimlich neben ihr an der Wand entlang. Auf halbem Wege blieb Rose Rita stehen und blickte nach unten. Da saß Mrs. Zimmermann im gelben Lichterkegel. Ihre Hände lagen gefaltet auf dem Tisch, und sie selbst starrte geradeaus. Rose Rita hatte das Gefühl, dass sie keine Antwort bekommen würde, wenn sie ihr von der Treppe aus etwas zurufen würde. Sie schluckte schwer und stieg weiter die Stufen hinauf.

Das Schlafzimmer mit dem schwarzen Walnussholzbett war genau so, wie Rose Rita es verlassen hatte. Sie schlug die Bettdecke zurück, hielt dann aber in der Bewegung inne. Sie hielt inne, weil sie ein Geräusch von unten gehört hatte. Ein einzelnes, leises Geräusch. Klack. Das Geräusch von Mrs. Zimmermanns Ring. Da ertönte es wieder. Dreimal hintereinander. Klack … klack … klack. Langsam und mechanisch, wie das Ticken einer großen Uhr. Rose Rita stand da mit der Taschenlampe in der Hand. Sie lauschte dem Geräusch und fragte sich, was es wohl zu bedeuten hatte.

Plötzlich vernahm sie das Knallen einer Tür.

Rose Rita stieß einen kleinen Schrei aus und fuhr herum. Sie rannte aus dem Zimmer und die Stufen hinunter. Auf dem Treppenabsatz blieb sie stehen. Da war der Tisch mit der brennenden Lampe darauf. Da lagen Mrs. Zimmermanns Handtasche und das Zigarrenkästchen. Die Haustür stand offen. Sie schlug leise im Wind. Doch von Mrs. Zimmermann war weit und breit nichts zu sehen.

VII. KAPITEL

Rose Rita stand auf der Veranda des Farmhauses. Der Lichtkegel ihrer Taschen-
lampe beleuchtete ihre Füße. Der Regen prasselte auf
ihre Schuhe herab, wann immer ihn eine Windbö auf
die Terrasse drückte. Blitze erleuchteten die Bäume
auf der anderen Straßenseite, die sich wild im Sturm
bogen. Donnergrollen ertönte. Rose Rita war wie
betäubt. Sie kam sich wie eine Schlafwandlerin vor.
Mrs. Zimmermann war fort. Aber wohin war sie
gegangen – und warum? Was war nur mit ihr geschehen?

Rose Rita legte die Hände trichterförmig um ihren
Mund und rief: »Mrs. Zimmermann! Mrs. Zimmermann!« Aber sie bekam keine Antwort. Langsam stieg
sie die Stufen hinunter. Der Strahl der Taschenlampe
half ihr, den Weg zu finden. Am Fuß der Stufen blieb
Rose Rita stehen und blickte sich um.

Sie konnte keine Spur von Mrs. Zimmermann entdecken. Panik ergriff sie. Sie schrie, so laut sie nur
konnte, »Mrs. Zimmermann!« und rannte durch das
nasse Gras bis zur Straße hinüber. Sie blickte nach
rechts. Sie blickte nach links. Nichts als Dunkelheit
und Regen. Rose Rita sank mitten in einer Pfütze auf
die Knie und begann zu schluchzen. Sie schlug die

Hände vors Gesicht und weinte bitterlich. Der kalte Regen durchweichte sie rasch bis auf die Haut.

Irgendwann stand Rose Rita schließlich auf. Sie stolperte halb blind vor Tränen zum Farmhaus zurück. Aber auf der Terrasse verharrte sie für einen Moment. Sie wollte gar nicht wieder ins Haus zurück. Nicht jetzt im Dunkeln. Mit einem Schaudern wandte sie sich ab. Aber wohin sollte sie gehen?

Bessie. Sie dachte an Bessie dort in der Scheune. Die Scheune war ein dunkler, gespenstischer Ort, ebenso wie das Haus, doch Bessie war eine gut Freundin und ihr vertraut. Für Rose Rita stellte der Wagen inzwischen so etwas wie ein lebendiges Wesen dar. Am besten ging sie zur Scheune hinüber, um im Auto zu schlafen. Bessie würde ihr nichts tun – sie würde sie beschützen. Rose Rita atmete tief durch, ballte die Hände zu Fäusten und machte sich auf den Weg zur Scheune hinüber. Der Regen prasselte unentwegt auf sie herab.

Rose Rita zog das große, weiße Tor zurück. Da stand Bessie und wartete auf sie. Rose Rita tätschelte ihre Motorhaube und kletterte auf den Rücksitz. Sie verriegelte alle Türen. Dann legte sie sich hin und versuchte zu schlafen. Ohne Erfolg. Sie war viel zu aufgeregt. Die ganze Nacht lag Rose Rita wach, nass und verängstigt, erschöpft und allein. Ein- oder zweimal setzte sie sich abrupt auf, weil sie glaubte, ein Gesicht am Wagenfenster zu sehen. Aber es war lediglich ihre Phantasie, die ihr einen Streich spielte.

Während sie so dalag, zur Wagendecke hinaufstarrte und dem Sturm lauschte, dachte Rose Rita nach. Mrs. Zimmermann war verschwunden. Wie durch Zauberei. Nein, nicht *wie*, sondern ganz bestimmt *durch* Zauberei.

Rose Rita ging die Geschehnisse in Gedanken noch einmal durch: Zuerst war da Oleys seltsamer Brief über den Zauberring gewesen und dann das leere Ringkästchen. Danach kam die verschandelte Fotografie und der Schatten, den Rose Rita in jener Nacht in Mrs. Zimmermanns Schlafzimmer beobachtet hatte. Und schließlich die schrecklichen Schmerzen, der Papierstreifen und das seltsame Verhalten von Mrs. Zimmermann auf der Rückfahrt zur Farm. Aber was konnte nur der Schlüssel zu dieser ganzen Angelegenheit sein? Vielleicht der Ring? Ob ihn irgendjemand in seinem Besitz hatte und benutzte, um Mrs. Zimmermann diese schlimmen Dinge anzutun? Das schien Rose Rita eine vernünftige Erklärung zu sein. Aber auch die beste und vernünftigste Erklärung half ihr nicht weiter, denn Mrs. Zimmermann war und blieb verschwunden, und Rose Rita hatte keine Ahnung, wo sie nach ihr suchen sollte. Möglicherweise war sie tot. Und was den Zauberring betraf, wenn dieses Ding überhaupt existierte … puh, Rose Rita wusste nicht, wer ihn hatte, und sie war vollkommen ratlos, was sie unternehmen sollte, wenn sie es wüsste.

So ging es die ganze Nacht, die Gedanken in Ritas Kopf drehten sich im Kreise, während über ihr der Donner grollte und ab und an Blitze die staubigen Fenster der Scheune erhellten. Endlich kam der Morgen. Rose Rita stolperte ins Sonnenlicht hinaus und stellte fest, dass alles funkelte und frisch und grün aussah. Amseln labten sich an den Maulbeeren eines krummen, alten Baums vorne im Garten. Doch als Rose Rita an Mrs. Zimmermann dachte, brach sie wieder in Tränen aus. Nein, sagte sie sich mit fester Stimme, blinzelte die Tränen fort und strich sich die Haare aus der Stirn. Du wirst nicht weinen. Das bringt doch nichts, du Esel. Du musst was *unternehmen*! Nur was? Sie war ganz allein, fünfhundert Kilometer von zu Hause weg! Einen Moment lang zog sie ernsthaft in Erwägung, Bessie den ganzen Weg bis nach New Zebedee zurückzufahren. Schließlich hatte sie den Wagen schon mal – wenn auch nur für kurze Zeit – auf dieser Landstraße in der Nähe von Ironwood gesteuert. Aber Rose Rita hatte Angst. Angst, von der Polizei angehalten zu werden, Angst vor einem Unfall. Außerdem würde es Mrs. Zimmermann nichts helfen, wenn sie nach Hause zurückfuhr. Sie musste sich etwas anderes ausdenken.

Rose Rita setzte sich auf die Verandastufen, legte den Kopf in die Hände und dachte weiter nach. Sollte sie vielleicht ihre Eltern anrufen und sich von ihnen abholen lassen? Sie hörte ihren Vater schon sagen: »Siehst du, Louise, das passiert eben, wenn du Rose Rita erlaubst, mit Spinnern herumzurennen! Die alte Hexe ist mit ihrem Besen auf und davon geflogen und hat Rose Rita einfach sitzen lassen. Also, bevor du deine Tochter das nächste Mal mit so einer Überge- schnappten losziehen lässt, solltest du …« Rose Rita zuckte zusammen. Sie hatte keine Lust, ihrem Vater gegenüberzutreten – nicht ohne Mrs. Zimmermann.

Rose Rita zermarterte sich das Hirn. Sie legte die Beine übereinander, dann stellte sie sie wieder neben- einander, dann biss sie sich auf die Lippe. Sie war eine echte Kämpferin und sie würde Mrs. Zimmermann nicht im Stich lassen. Nicht, wenn es irgendetwas gab, was sie tun konnte.

Rose Rita sprang auf und schnipste mit den Fingern. Aber klar doch! Was für ein Trottel sie doch war! Wa- rum war ihr das bloß nicht schon früher eingefallen? Da gab es doch dieses Buch, dieses Malle-Dingsbums.

Das Buch, wegen dem Mrs. Zimmermann eigentlich hatte zurückfahren wollen, ehe sie es sich anders überlegte – oder jemand anders die Entscheidung für sie traf. Aber Rose Rita hatte dieses Buch nicht. Sie wusste nicht einmal, woher sie eine Ausgabe bekommen sollte. Sie setzte sich wieder hin und dachte über Zauberbücher nach. Bücher mit fleckigen Pergamenteinbänden und verschnörkelter Schrift auf den Rücken. *Das war's!* Jonathan besaß Zauberbücher. Er besaß eine ganze Sammlung davon. Und, besser noch, er hatte den Schlüssel zu Mrs. Zimmermanns Haus. Wenn er diesen alten Malle-Dingsbums nicht fand, konnte er nebenan in Mrs. Zimmermanns Bücherregal nachschauen. Außerdem kannte sich Jonathan mit Zauberei aus, da er selbst ein Magier war. Rose Rita könnte ihm erzählen, was geschehen war, ohne dass er glaubte, sie habe vollkommen den Verstand verloren. Guter alter Jonathan! Er würde bestimmt wissen, was zu tun war.

Rose Rita stand auf und ging ins Haus. An der Küchenwand hing ein altmodisches Kurbeltelefon. Sie nahm den Hörer von der Gabel und drehte einige Male kräftig an der Kurbel. Im Apparat klingelte es zwar, aber die Leitung war tot. Mrs. Zimmermann hatte nicht nur vergessen, Oleys Stromrechnung zu bezahlen, sondern auch seine Telefongebühren.

Rose Rita legte den Hörer wieder auf die Gabel und stand bedrückt da. Aber dann fiel ihr Gertie Biggers Laden ein. Da gab es bestimmt ein Telefon, das sie benutzen konnte. Eigentlich wollte sie ja gar nichts mehr mit dieser griesgrämigen, alten Schachtel zu tun haben, die Mrs. Zimmermann an jenem Abend, als ihnen das Benzin ausgegangen war, betrogen hatte, aber Rose Rita sah jetzt keinen anderen Ausweg. Gertie Biggers Laden lag bloß ein paar Kilometer entfernt die Straße hinunter. Sie seufzte. Es blieb ihr wohl nichts anderes übrig, als dorthin zu laufen, wenn sie Hilfe holen wollte.

Sie machte sich auf den Weg. Es war ziemlich heiß, obwohl es noch früher Morgen war, und auf der Straße lag eine dicke Staubschicht. Dampf stieg von Rose Ritas Kleidung auf, die immer noch feucht war von letzter Nacht. Hoffentlich bekam sie keine Erkältung – aber viele Gedanken machte sie sich deshalb nicht. Ob sie sich eine Erkältung einfing oder nicht, war momentan nicht gerade ihre größte Sorge.

Es war doch weiter zu Gertie Biggers Laden, als Rose Rita gedacht hatte. Fliegen summten um sie herum, als sie endlich um die letzte Kurve bog und den Laden in flirrender Hitze vor sich liegen sah. Er sah immer noch aus wie beim ersten Mal. Doch beim Näherkommen entdeckte Rose Rita einen Unterschied. Da war ein Huhn im Hühnerstall. Nur ein einziges. Eine verdreckt aussehende weiße Henne. Sobald das Huhn sie erblickte, begann es aufgeregt zu gackern und hin und her zu laufen. Rose Rita lächelte. Sie hatte einmal eine weiße Henne als Haustier gehabt. Henry Penny war ihr Name gewesen. Dieses arme, einsame Huhn erinnerte sie an ihre Henry. Rose Rita fragte sich, warum das Huhn wohl so aufgeregt war, doch dann sah sie in einer Ecke des Gartens einen Baumstumpf. Eine Axt lehnte dagegen. Es sah ganz so aus, als ob die arme Henry Penny schon bald in den Kochtopf wandern sollte. Armes Ding, dachte Rose Rita. Wahrscheinlich glaubt es, ich sei gekommen, um ihm den Kopf abzuhacken.

Sie wandte sich ab und stieg die Stufen zum Laden hinauf. Beinahe wäre sie auf den kleinen, schwarzen

Hund getreten. Es war derselbe Hund, der Mrs. Zimmermann und sie beim letzten Mal so wild angekläfft hatte. Er musste im Schatten auf der Treppe gelegen haben, denn Rose Rita hätte schwören können, dass die Stufen noch vor einer Sekunde, als sie einen Blick darauf geworfen hatte, leer gewesen waren. Rose Rita fiel ein, wie Mrs. Zimmermann den Hund verscheucht hatte. Sie holte mit dem Fuß aus und tat so, als wolle sie ihn treten, und auch dieses Mal rannte das Tier davon und verschwand im Gebüsch.

Oben angekommen, öffnete Rose Rita die Tür und spähte in den Laden. Da war Gertie Bigger. Sie kniete mitten auf dem Boden, packte Schachteln mit Frühstücksflocken aus und stellte sie in ein Regal.

»Sieh mal einer an«, sagte sie und warf Rose Rita einen bösen Blick zu. »Was willst *du* denn hier?«

»Ich … ich müsste mal das Telefon benutzen«, erklärte Rose Rita. Ihre Stimme zitterte, und sie hatte Angst, in Tränen auszubrechen.

»Ach, wirklich? Tja, dann hast du hoffentlich ein bisschen Geld bei dir. Da drüben an der Wand ist ein öffentlicher Fernsprecher.« Gertie Bigger deutete auf ein verschrammtes schwarzes Telefon am Ende der Theke.

Rose Rita kramte in ihrer Tasche herum und beförderte ein Zehn-Cent-Stück und zwei Pennys zum Vorschein. Da würde sie wohl ein R-Gespräch anmelden müssen.

Als sie den Gang entlang zum Telefon ging, spürte sie, wie Gertie Bigger sie beobachtete. Ach, was soll's, dachte Rose Rita, die alte Schnepfe ist halt neugierig. Sie legte ihre Münzen auf das kleine Brett vor dem Telefon und las den gelben Zettel mit den Bedienungsanweisungen. Für ein R-Gespräch musste man die Null wählen, um die Vermittlung zu erreichen. Rose Rita steckte den Finger in das Loch mit der 0 und wollte gerade wählen, als sie aus den Augenwinkeln heraus sah, dass Gertie Bigger sie noch immer anstarrte. Sie sortierte keine Schachteln mehr ins Regal ein, sondern kniete dort hinten mitten im Gang und beobachtete sie.

Rose Rita verharrte mitten im Wählen. Sie zog den Finger aus der Wählscheibe und ließ sie zurückschnellen. Ihr war gerade ein etwas beunruhigender Gedanke gekommen: Was wäre, wenn Gertie Bigger Mrs. Zimmermann etwas angetan hatte? Sie hegte einen Groll gegen Mrs. Zimmermann – so viel war klar. Und sie lebte nicht weit entfernt von Oleys Farm. Möglicherweise war sie dort eingebrochen, um nach Oleys Tod den Zauberring zu stehlen. Eine ziemlich verrückte Vorstellung. Oder war sie vielleicht dem Geheimnis auf der Spur?

Rose Rita drehte sich um und begegnete Gerties Blick.

»Was ist denn jetzt los?«, brummte die alte Frau. »Hast du etwa die Nummer vergessen, die du anrufen wolltest?«

»Äh … ja, das heißt, nein, ähm … schon gut«, stammelte Rose Rita. Sie wandte sich wieder dem Apparat zu. Das ist doch albern, ermahnte sie sich. Diese grummelige alte Ziege ist doch niemals eine Hexe. Die hat keinen Zauberring. Hör auf mit deiner Detektivspielerei, mach deinen blöden Anruf und bring's hinter dich!

Rose Rita wählte die 0 und erreichte die Dame in der Vermittlung. Sie erklärte, dass sie ein R-Gespräch nach New Zebedee, in Michigan, anmelden wolle und zwar mit einem Mr. Jonathan Barnavelt. Seine Nummer laute 865. Rose Rita wartete. Sie vernahm leise schabende und klickende Geräusche, und dann hörte sie das summende Geräusch, das bedeutete, dass die Vermittlung Jonathans Apparat anrief. *Brr. Brr. Brr.*

»Es tut mir Leid«, erklärte die Dame aus der Vermittlung nach kurzer Zeit, »aber der Teilnehmer antwortet nicht. Sie sollten vielleicht …«

»Oh, bitte versuchen Sie es noch einmal«, erwiderte Rose Rita.»Bitte, Fräulein. Es ist ein Notfall.«

»Also gut.« Das Läuten ertönte weiter.

Während sie wartete, ließ Rose Rita ihre Augen herumwandern. An der Wand neben dem Telefon erblickte sie eine alte Fotografie in einem schwarzen Rahmen. Das Bild zeigte einen Mann in einem altmodischen Anzug. Er hatte einen Fahrradlenker-Schnauzer …

Rose Rita erstarrte. Sie erkannte den Mann. Es war derselbe wie auf dem Foto, das Mrs. Zimmermann in dem Trödelladen entdeckt hatte. Und auch sein Name fiel ihr wieder ein: Mordecai. Mordecai Hunks. Der Mann, wegen dem sich Mrs. Zimmermann und Gertie Bigger vor langer Zeit einmal zerstritten hatten. Er war der Anlass für Gertie Biggers Hass auf Mrs. Zimmermann, der Grund für den alten Groll, den sie gegen Mrs. Zimmermann hegte. Langsam fügte sich ein Teil ans andere …

Rose Rita drehte den Kopf und blickte zu Mrs. Bigger hinüber. Genau in diesem Moment ertönte draußen eine Autohupe. Da wollte jemand Benzin haben. Gertie Bigger stieß einen empörten Grunzer aus, hievte sich schwerfällig aus der Hocke in die Höhe und stapfte zur Tür.

»Es tut mir wirklich Leid«, sagte die Dame in der Vermittlung, »aber ich kann nicht länger beim Teilnehmer läuten lassen. Am besten versuchen Sie es zu einem anderen Zeitpunkt noch einmal.«

Rose Rita zuckte zusammen. Sie hatte den Telefon-
anruf, den sie zu machen versuchte, ganz vergessen.
»Oh ... in Ordnung«, murmelte sie. »Ich ... ähm, ich
versuche es später nochmal. Danke.«

Sie legte den Hörer auf und sah sich um. Das war
die Gelegenheit. Hinter der Theke befand sich ein
Durchgang, vor dem ein schwerer, brauner Vorhang
hing. Rose Rita schaute noch einmal zur Vorderseite
des Ladens. Durch das große Fenster sah sie Gertie
Bigger Benzin zapfen. Und gerade kam noch ein wei-
terer Wagen, der auf der anderen Seite der Zapfsäulen
hielt. Die alte Ziege war erst mal für eine ganze Weile
beschäftigt. Rose Rita atmete tief durch, zog den Vorhang zur Seite und huschte in den angrenzenden
Raum.

Sie fand sich in einem hässlichen, kleinen Zimmer
mit blassgrünen Wänden wieder. An einer Wand hing
ein Kalender einer Kohlenfirma und von der Decke
baumelte eine nackte Glühbirne herab. In einer Ecke
stand ein kleiner Eisensafe und vor der langen Wand
ein hoher, schmaler, regalähnlicher Schreibtisch. Darauf lag ein verblasster, grüner Tintenlöscher. Neben
dem Tintenlöscher entdeckte Rose Rita überaus ordentlich angeordnet ein Tintenfässchen, einen Haufen
Holzfedern mit rostigen Metallspitzen, einen braunen Radiergummi und mehrere gut angespitzte Bleistifte. Auf der anderen Seite des Tintenlöschers lag ein
Geschäftsbuch mit grünem Pappeinband. Vorn auf
dem Einband war die Jahreszahl 1950 aufgedruckt.
Hier gab es nichts, was irgendwie an Zauberei erinnerte.

Rose Rita wurde das Herz schwer. Sie kam sich auf
einmal sehr albern vor. Aber halt! Was war das? Sie
kniete sich auf den Boden. Unter dem Schreibtisch be-

fand sich ein Regal, auf dem noch weitere grün einge-
bundene Geschäftsbücher gestapelt waren. Sie sahen
genauso aus wie das auf dem Schreibtisch, waren allerdings sehr verstaubt und trugen unterschiedliche
Jahreszahlen. 1949, 1948 und immer weiter zurück.
Rose Rita öffnete eins der Bücher. Nichts als langweili-
ge Zahlenkolonnen. Schuldposten, Stundungen, Quit-
tungen und solches Zeugs. Sie wollte das Buch gerade zurückstellen, als sie bemerkte, dass etwas aus
der Mitte hervorlugte. Als sie es hervorzog, entpuppte
es sich als ein gefalteter Zettel. Sie öffnete ihn und
erblickte eine Bleistiftzeichnung. Sie sah folgender-
maßen aus:

Rose Rita hielt den Zettel mit zitternden Händen fest.
Sie spürte, wie ihr Herz schneller schlug. Sie war keine
Zauberin, aber sie wusste, was das hier war, denn sie
hatte einmal unter der Aufsicht von Onkel Jonathan
einen Blick in dessen Zauberbücher werfen dürfen.
Diese Zeichnung stellte ein Zauberpentagramm dar.
Hexen und Magier benutzten es, wenn sie anderen
etwas Gutes oder Schlechtes antun wollten. Rose Rita
starrte auf die Zeichnung. Sie war derart vertieft, dass
sie das leise Bimmeln der Glocke an der Ladentür gar

nicht wahrnahm, als diese leise geöffnet und anschlie-ßend vorsichtig geschlossen wurde. Eine Holzdiele knarrte und plötzlich wurde der Vorhang zur Seite gerissen. Rose Rita fuhr herum und sah sich Gertie Bigger gegenüber, die im Türrahmen vor ihr aufragte.

»Ja, brat mir einer einen Storch! Was machst du denn da, du kleines Luder, du?«

VIII. KAPITEL

Rose Rita kniete auf dem Boden und blick-te nach oben in Gertie Biggers wütendes Gesicht. In ihren zitternden Händen hielt sie noch immer den Zettel mit der seltsamen Zeichnung.

Gertie Bigger trat in den kleinen Raum und zog den Vorhang hinter sich zu. »Also, Fräulein, kannst du mir mal verraten, was du hier machst? Es gibt Gesetze, die unbefugtes Betreten eines Grundstückes unter Strafe stellen, und Besserungsanstalten für Mädchen, die stehlen. Soll ich deinen Eltern erzählen, was du hier getrieben hast? Hä? Soll ich das?«

Rose Rita öffnete den Mund, um zu antworten, aber das Einzige, was herauskam, war: »Ich … ich … bitte … ich wollte doch gar nicht …«

Gertie Bigger trat noch einen Schritt auf sie zu. Sie streckte den Arm aus und schnappte sich den Zettel aus Rose Ritas tauben Fingern. Es wurde still, während Gertie Bigger dastand und ihre Blicke zwischen dem Zettel und Rose Rita hin und her wandern ließ. Sie schien angestrengt nachzudenken.

In dem Augenblick ertönte die Glocke an der Ladentür und eine Stimme rief: »Juhuuuuh, Gertie! Bist du zu Hause?«

Gertie Bigger drehte sich leise fluchend um. Rose

Rita sprang auf und flitzte geduckt durch die schmale Vorhangöffnung. Sie rannte den Hauptgang des Ladens hinunter, vorbei am überraschten Gesicht einer Frau in mittleren Jahren, die einen Einkaufskorb in der Hand hielt. Knallend schlug die Tür hinter ihr zu. Rose Rita polterte die Stufen hinunter und hastete über die Straße. Sie rannte und rannte, während ihr die Tränen über die Wangen liefen. Schließlich stolperte sie in ein Maisfeld hinein. Quer über eine Ecke lief sie und zertrampelte dabei die grünen Pflanzen unter ihren Füßen, ehe sie auf einen Grasweg stieß, der entlang des Feldes verlief und sie über die Kuppel eines kleinen Hügels führte. Rose Rita rannte dort hinauf, rannte so schnell sie ihre Füße trugen, bis sie endlich unter den tief herabhängenden Zweigen einer Ulme zusammensackte, die in der Nähe eines flachen Felsbrockens stand. Rose Rita ließ sich ins Gras fallen, riss sich die Brille von der Nase und ließ ihren Tränen freien Lauf.

So lag sie da und weinte lange. Sie war müde und hungrig, sie hatte Angst und fühlte sich schrecklich allein. Seit gestern Abend hatte sie nichts mehr gegessen und in der Nacht fast keinen Schlaf gefunden. Anfangs fürchtete sie, Gertie Bigger könne sie verfolgen. Jeden Moment rechnete sie damit, ihre Hand auf der Schulter zu spüren. Aber Gertie Bigger kam nicht. Rose Rita weinte immer weiter, doch sie spürte, wie sich ihr Körper langsam entspannte. Es war ihr alles so egal ... so vollkommen egal. Rose Rita wurde müde, sehr, sehr müde. Es war so schön, hier im Schatten zu liegen ... ganz wunderbar war das ... aber noch besser wäre es zu Hause. Zu Hause ... in ...

Rose Rita schloss die Augen. Eine sanfte Brise raschelte durch den Mais und in der Ferne summte eine

Fliege. Rose Rita schüttelte den Kopf, kämpfte gegen die Müdigkeit an, die sie überkam. Sie versuchte, an irgendetwas zu denken, um sich wach zu halten. Doch vergeblich. Innerhalb weniger Augenblicke schlief sie tief und fest.

»He, du da, wach auf! Wach lieber auf! Weißt du denn nicht, dass es furchtbar schlecht ist, auf dem feuchten Boden zu schlafen? Du holst dir noch eine Erkältung. Komm schon, wach auf.«

Rose Rita wurde von einer besorgten Stimme geweckt, die beharrlich auf sie einredete. Sie schüttelte den Kopf und blickte auf. Alles um sie herum war verschwommen. Rose Rita tastete im Gras nach ihrer Brille, fand sie und setzte sie auf. Als sie aufblickte, stand da ein Mädchen, das ungefähr in ihrem Alter sein musste. Sie trug ein kurzärmeliges, kariertes Hemd, Jeans und schmutzige Armeestiefel. Das Mädchen hatte blondes, glattes Haar. Ihr Gesicht war ziemlich lang und sah traurig und besorgt aus. Die dunklen Augenbrauen waren in die Höhe gezogen, die Stirn in Falten gelegt. Irgendwie kam Rose Rita dieses Gesicht bekannt vor. Wo hatte sie es bloß schon einmal gesehen? Als es ihr einfiel, wäre sie beinahe laut prustend herausgeplatzt. Das Mädchen sah aus wie der Kartenkönig aus *Alice im Wunderland*.

»Hallöchen«, sagte das Mädchen. »Puh, da bin ich aber froh, dass du wach geworden bist! Hat dir noch nie jemand gesagt, dass man nicht auf dem Boden schläft, wenn's feucht ist? Letzte Nacht hat's geregnet, weißt du!«

»O ja – und ob ich das weiß«, entgegnete Rose Rita. Sie stand auf und streckte ihre Hand aus. »Ich bin Rose Rita Pottinger. Und wie heißt du?«

»Agatha Sipes. Aber ich werde Aggie gerufen. Ich wohne da hinten, über dem Hügel. Mein Paps hat eine Farm. Warst du das übrigens, die da drüben die ganzen Maispflänzchen niedergetrampelt hat?«

Rose Rita nickte bedauernd. »Ja, das war ich. Tut mir echt Leid, aber ich musste so schrecklich weinen, dass ich gar nicht mehr auf den Weg geachtet habe.«

Das Mädchen blickte sie streng an. »So was solltest du nicht machen. Farmersarbeit ist harte Arbeit.« Dann fügte sie freundlicher hinzu: »Warum hast du denn geweint?«

Rose Rita öffnete den Mund, zögerte dann aber. Sie hätte zwar gern jemandem von ihren Problemen erzählt, wollte jedoch auch, dass man ihr glaubte. »Meine Freundin, Mrs. Zimmermann, ist verschwunden, und ich weiß nicht, wo sie ist. Wir wollten letzte Nacht auf der Farm unten an der Straße übernachten. Da ist sie zur Haustür raus und war einfach weg.«

Das Mädchen rieb sich über das Kinn und setzte ein wissendes Gesicht auf. »Oh, ich schätze, ich weiß, was da passiert ist. Sie hat bestimmt einen Spaziergang im Wald machen wollen und sich dabei verirrt. Das passiert vielen Leuten hier im Sommer. Komm mit, wir gehen zu mir nach Hause und rufen den Sheriff an. Der wird ein paar Leute rausschicken und sie suchen lassen. Die werden sie schon finden.«

Rose Rita spürte, dass sie mit der Wahrheit herausrücken musste, egal, wie die Konsequenzen auch aussehen mochten. »Glaubst du an … an Zauberei?«, fragte sie unvermittelt.

Das Mädchen sah sie verblüfft an. »Wie bitte?«

»Ob du an Zauberei glaubst.«

»Meinst du Geister und Hexen und Zaubersprüche und so?«

»Genau.«

Agatha lächelte schüchtern. »Ja, schon. Ich weiß, dass man's nicht soll, aber ich kann einfach nicht anders.« In einem verschwörerischen Tonfall fügte sie hinzu: »Manchmal glaube ich, dass wir einen Geist bei uns unten im Keller haben, aber meine Mutter sagt, das sei bloß der Wind nachts. Meinst du, wir haben einen Geist bei uns im Keller?«

»Woher soll ich das wissen?«, erwiderte Rose Rita mit gereizter Stimme. »He, willst du jetzt hören, was mit der Mrs. Zimmermann passiert ist oder nicht?«

»Klaro will ich das. Nee, wirklich. Erzähl mir alles von A bis Z.«

Rose Rita und Agatha Sipes setzten sich ins Gras unter die Ulme. Rose Ritas Magen knurrte laut, und ihr fiel ein, dass sie seit gestern Abend nichts mehr gegessen hatte. Sie hatte einen Bärenhunger. Aber sie wollte unbedingt ihre Geschichte loswerden, und Agatha schien gespannt darauf, sie zu hören. Rose Rita begann.

Sie erzählte ihr alles, von Oleys geheimnisvollem Brief und dem leeren Ringkästchen bis hin zu den überaus seltsamen Dingen, die ihr und Mrs. Zimmermann in letzter Zeit zugestoßen waren. Als sie ihr von Mrs. Zimmermanns Verschwinden berichtete, wurden Agathas Augen kugelrund. Und als sie von ihrem Aufeinandertreffen mit Mrs. Bigger erzählte, wurden ihre Augen noch runder, und die Kinnlade fiel ihr runter. Sie blickte wiederholt unruhig in die Richtung von Gertie Biggers Laden.

»Mein lieber Scholli!«, entfuhr es ihr. »Grenzt ja an ein Wunder, dass sie dich nicht abgemurkst hat! Und weißt du was? Ich geh jede Wette ein, dass sie diejenige ist, die deine Freundin zum Verschwinden gebracht hat.«

Rose Rita blickte Agatha ein wenig befremdet an. »Weißt du denn was über die? Mrs. Bigger, meine ich.«

»Aber klaro. Die ist eine Hexe.«

Nun war Rose Rita von den Socken. »A-aber woher weißt du denn das?«

»Woher ich das weiß? Also, als ich letztes Jahr in der Ellis-Corners-Bibliothek gearbeitet habe, da kam sie öfter vorbei und hat jedes Buch über Zauberei ausgeliehen, das wir hatten, daher weiß ich das. Einige davon waren nicht zur Ausleihe bestimmt und sie saß stundenlang im Nachschlageraum und hat gelesen. Ich habe Mrs. Bryer, die Bibliothekarin, über sie ausgefragt, und die hat mir erzählt, Mrs. Bigger würde das seit Jahren machen. Angeblich besitzt sie Ausweise für sämtliche Bibliotheken hier im Umkreis und leiht sich sämtliche Bücher über Zauberei aus, die sie kriegen kann. Mrs. Bryer sagt, sie verschlingt die Bücher förmlich und bringt sie immer erst zurück, wenn die Bibliothek schon zig Mahnungen geschickt hat. Komisch, was?«

»Kann man wohl sagen.« Rose Rita fühlte sich ganz seltsam. Einerseits war da diese Hochstimmung, weil ihre Vermutung sich als richtig erwiesen hatte – zumindest glaubte sie das. Aber andererseits fühlte sie sich gleichzeitig furchtbar hilflos und verängstigt. Wenn Mrs. Bigger wirklich eine Hexe war, was konnten Aggie und sie dann schon gegen sie ausrichten?

Rose Rita rappelte sich in die Höhe und lief unruhig auf und ab. Dann setzte sie sich auf den flachen Felsbrocken und grübelte über das nach, was sie eben erfahren hatte. Aggie stand ganz in ihrer Nähe und blickte sie unbehaglich an. Sie trat unruhig von einem Fuß auf den anderen. »Habe ich was Falsches gesagt,

Rose Rita?«, erkundigte sie sich, nachdem einige Minuten schweigend verstrichen waren. »Falls ja, tut's mir Leid. Ehrlich.«

Ihre Worte weckten Rose Rita aus ihrer Versunkenheit und sie blickte auf. »Nein, nein, Aggie, du hast nichts Falsches gesagt. Ehrlich nicht. Aber ich weiß einfach nicht, was ich jetzt machen soll. Wenn du Recht hast und die alte Mrs. Bigger eine Hexe ist und Mrs. Zimmermann was angetan hat, dann ... puh, was können wir dann schon machen? Wir beide allein, meine ich.«

»Keine Ahnung.«

»Ich auch nicht.«

Wieder wurde es still. Dann meldete sich Aggie erneut zu Wort.

»He, ich weiß was. Lass uns zu mir nach Hause gehen und was zu Mittag essen. Meine Mutter macht immer jede Menge, weil wir eine richtig große Familie sind, und es ist bestimmt genug für dich da. Komm schon. Nach dem Essen können wir uns immer noch überlegen, was wir machen sollen. Auf leeren Magen lässt sich's nicht gut denken, sagt mein Paps immer.«

Rose Rita wusste nicht so recht, was sie davon halten sollte, aber ihr fiel im Moment auch nichts Besseres ein. Auf dem Weg zum Farmhaus redete Aggie wie ein Wasserfall. Sie erzählte von all den Dingen, die ihr Sorgen bereiteten. Denn Aggie hatte Angst vor Tollwut und Tetanus und davor, einen elektrischen Schlag zu kriegen oder sich mit Mayonnaise zu vergiften, die zu lange neben statt im Kühlschrank gestanden hatte. Rose Rita hörte ihr lediglich mit einem Ohr zu. Sie war immer noch in Gedanken versunken, versuchte zu einer Entscheidung zu gelangen, was zu tun sei. Sollte sie aufhören, Nancy Drew zu spielen, die kleine Privatdetektivin besser an den Nagel hängen, und ihre Eltern anrufen, damit diese sie abholten? Nein. Nein! Rose Rita war ein ziemlich dickköpfiges Mädchen, und sie war immer noch der Ansicht, dass es ihr gelingen würde, Mrs. Zimmermann ohne die Hilfe ihrer Eltern zu finden. Was Aggie ihr da über Mrs. Bigger und die Zauberbücher erzählt hatte, bestätigte sie nur noch mehr in ihrer Überzeugung, dass Mrs. Zimmermann mit Hilfe von Zauberkräften verschwunden war. Daher kam Rose Rita wieder auf ihre ursprüngliche Idee zurück, Jonathan anzurufen. Sobald sie zu Hause bei Aggie war, würde sie das tun. Während sich ihre Gedanken schier überschlugen, überlegte Rose Rita, wie ihr nächster Schritt auszusehen hatte. Was sollte sie bloß Mrs. Sipes erzählen?

Als das Farmhaus in Sichtweite kam, packte Rose Rita Aggies Arm. »Warte mal eine Sekunde, Aggie.«

»Warum? Was ist denn los?«

»Wir müssen uns eine Geschichte für deine Mutter ausdenken. Ich kann ihr ja wohl schlecht erzählen, was ich dir erzählt habe. Dann hält sie mich ganz bestimmt für übergeschnappt. Und meinen richtigen Namen kann ich ihr auch nicht sagen, weil sie dann bestimmt meine Eltern anruft, und ich will nicht, dass sie das macht.«

Aggie runzelte die Stirn. »Ich finde, du solltest meine Mutter nicht anlügen. Lügen gehört sich nicht und außerdem würde sie dich erwischen. Meine Mutter ist ziemlich klug. Die würde dich bestimmt durchschauen.«

Normalerweise wurde Rose Rita ziemlich wütend, wenn Leute nicht ihrer Meinung waren. Aber in diesem Fall war sie doppelt wütend, denn sie war stolz auf ihre Fähigkeit, sich Alibis und Entschuldigungen auszudenken. Denn das war gar nicht so einfach. Man musste schon auf eine Geschichte kommen, die einem die Leute auch abnahmen. Und das gelang Rose Rita wirklich gut – meistens jedenfalls.

Rose Rita warf Aggie einen gereizten Blick zu. »Deine Mutter ist bestimmt nicht die klügste Frau der Welt, da gehe ich jede Wette ein. Und im Übrigen bin ich gut darin, mir Dinge auszudenken. Wir müssen nichts weiter tun, als uns beratschlagen und uns eine Geschichte einfallen lassen. Die müssen wir uns dann gut merken, damit's keine Ausrutscher gibt.«

Nun war Aggie an der Reihe, unwirsch zu reagieren. »Ach, wirklich? Und was sollen wir ihr aufs Butterbrot schmieren? Etwa, dass du meine neue Freundin Rose Rita bist, die gerade eben von einer fliegenden Untertasse gefallen ist?«

»Nein, du Esel. Nichts in der Art. Wir erzählen ihr eine Geschichte, die sie uns glauben wird. Und dann können wir Onkel Jonathan anrufen, damit er uns den richtigen Zauberspruch nennt, um Mrs. Bigger dazu zu bringen, uns zu sagen, was sie mit Mrs. Zimmermann angestellt hat. Kapito?«

Aggie biss sich auf die Lippe und runzelte die Stirn. Sie atmete einmal tief durch. »Okay, also schön. Aber wenn man uns erwischt, werde ich sagen, dass das alles deine Schuld ist. Ich habe keine Lust, mir eine Standpauke anzuhören, bloß weil du es klasse findest, Leuten die Hucke voll zu lügen.«

Rose Rita fletschte die Zähne. »Ich find's nicht klasse. Im Übrigen flunker ich ja bloß ein bisschen herum. Und jetzt hör zu. Wir sagen Folgendes …«

Eine Glocke begann zu läuten. Das helle, klare Gebimmel verkündete, dass das Essen im Farmhaus der

Sipes auf dem Tisch stand. Aggie machte einen Schritt vorwärts.

Doch Rose Rita packte sie am Arm und zog sie hinter einen Forsythienstrauch. Sie legte die Lippen an Aggies Ohr und fing an zu flüstern ...

IX. KAPITEL

Das Farmhaus der Sipes war groß und weiß und hatte eine breite, überdachte Veranda. Neben der Veranda wuchsen Büsche und im Vorgarten Pfingstrosen. Auf einer Seite des Hauses ragte ein mächtiger Apfelbaum in die Höhe, von dessen Zweigen ein Traktorreifen an einem Seil herabhing. Überall im Garten lagen Kindersachen herum. Baseballschläger, Fahrräder, Dreiräder, Puzzles, Puppen, Spielzeugautos und Plastikgewehre. Doch als Aggie die Haustür öffnete, bemerkte Rose Rita überrascht, wie ordentlich und sauber das Haus innen war. Sämtliche Holzteile glänzten und auf Tischen, Kommoden und Regalen lagen Häkeldeckchen und gestickte Tischläufer. Die Treppe war mit einem geblümten Teppich bedeckt und in der Eingangshalle tickte eine Uhr auf einem Bord. Ein angenehmer Duft nach frisch gekochtem Essen hing in der Luft.

Aggie führte Rose Rita geradewegs in die Küche und stellte sie ihrer Mutter vor. Mrs. Sipes hatte das gleiche lange Gesicht und die gleichen besorgten Augenbrauen wie ihre Tochter, aber sie machte einen recht netten Eindruck. Sie wischte sich die mehlbestäubten Hände an der Schürze ab und begrüßte Rose Rita freundlich.

»Sieh da, sieh da, unerwarteter Besuch! Freut mich, dich kennen zu lernen. Ich hab mich schon gefragt, wo Aggie bloß bleibt. Fünf Mal hab ich schon die Glocke fürs Mittagessen geläutet und wollte gerade aufgeben. Wie war nochmal dein Name?«

Rose Rita zögerte den Bruchteil einer Sekunde. »Ähm, Rosemary. Rosemary Potts.«

»Was für ein hübscher Name! Herzlich willkommen, Rosemary! Wie geht's dir? Bist du aus der Nachbarschaft zu Besuch? Ich glaube, ich habe dich hier noch nie gesehen.«

Rose Rita fühlte sich unbehaglich. »Äh, nein, können Sie auch nicht, weil … weil ich bloß auf Urlaub hier bin mit … mit Mrs. Zimmermann.« Rose Rita verstummte einen Moment. »Sie ist eine Freundin meiner Familie, eine echt gute Freundin«, fügte sie rasch hinzu.

»Genau«, sagte Aggie. »Die Mrs. Dingsbums und Rose … äh, Rosemarys Familie sind echt gute Freunde, das kann man wohl sagen. Bloß Mrs. … Mrs. …«

»Zimmermann«, ergänzte Rose Rita und warf Aggie einen giftigen Blick zu.

»Ach ja, richtig. Mrs. Zimmermann. Tja, also, der alte Oley – du hast ihn doch gekannt, Mom –, der hat der Mrs. Zimmermann seine Farm hinterlassen und sie und Rosemary sind hierher gekommen, um sie sich anzusehen. Und gestern Abend ist Mrs. Zimmermann in den Wald hinter der Farm verschwunden und nicht wieder aufgetaucht.«

»Genau so war's«, stimmte ihr Rose Rita zu. »Sie muss sich wohl verirrt haben. Jedenfalls kann ich sie nirgendwo finden und ich hab Angst.«

Rose Rita hielt den Atem an. Ob Mrs. Sipes ihr die Geschichte abkaufen würde?

»Oh, Rosemary!«, rief diese und legte ihren Arm um Rose Rita. »Wie schrecklich! Hör zu, wir werden Folgendes machen. Ich rufe jetzt gleich den Sheriff an, damit er sofort ein paar von seinen Leuten rausschickt, um sie zu suchen. Letztes Jahr hat sich hier auch jemand im Wald verirrt und sie haben ihn unverletzt gefunden. Also mach dir mal keine Sorgen! Deiner Freundin wird's schon gut gehen.«

Innerlich atmete Rose Rita erleichtert auf. Es widerstrebte ihr, eine Lügengeschichte über Mrs. Zimmermanns Verschwinden aufzutischen, und in Wahrheit war sie auch ganz krank vor Sorge um sie. Aber was würde Mrs. Sipes sagen, wenn sie ihr erklärte, dass Mrs. Zimmermann sich einfach so in Luft aufgelöst hatte?

Kurz darauf, nachdem der Anruf beim Sheriff erledigt worden war, saß Rose Rita gemeinsam mit Aggie, sieben anderen Kindern und Mrs. Sipes an einem langen Esstisch. Rose Rita hatte am Kopfende des Tisches einen Platz bekommen, wo normalerweise Mr. Sipes saß. Aber der war gerade geschäftlich in Petoskey.

Rose Rita blickte sich am Tisch um. Das hier war eine ziemlich besorgt aussehende Familie. Alle hatten diese langen Gesichter und die hochgezogenen Augenbrauen. Da waren große Kinder und kleine Kinder, fünf Jungs und zwei Mädchen (Aggie eingeschlossen) und dazu ein Baby in einem Hochstuhl. Auf dem Tisch stand eine große Platte mit Corned Beef, Kartoffeln, Zwiebeln und Karotten, dazu gab es noch anderes Gemüse, einige Klöße in zwei dampfenden Schüsseln und zwei Krüge mit Milch. Auf einem Schneidebrett lag ein frisch gebackenes Brot. Mrs. Sipes sprach das Tischgebet und dann machten sich alle über das Essen her.

»Lasst Rosemary zuerst was nehmen«, sagte Mrs. Sipes. »Sie ist unser Gast, hört ihr.«

Rose Rita brauchte einen Augenblick, bis ihr klar war, dass sie gemeint war. Sie war sogar ziemlich verblüfft, als ihr jemand eine Terrine mit gestampften Karotten hinhielt. »Oh … äh, danke«, murmelte sie und bediente sich.

Später dann, als alle etwas auf ihren Tellern hatten, erklärte Mrs. Sipes mit lauter, klarer Stimme: »Kinder, ihr sollt wissen, dass Rosemary hier etwas zugestoßen ist. Die Freundin, mit der sie unterwegs war, hat sich im Wald verirrt, und wir werden versuchen, sie zu finden. Der Sheriff hat Leute losgeschickt, um nach ihr zu suchen.«

»Wer sich hier im Wald verläuft, muss ziemlich dusselig sein!«, bemerkte ein großer Junge mit schwarzem, lockigem Haar.

»Leonard!«, rief Mrs. Sipes schockiert. »Jetzt reicht's aber!« Sie wandte sich an Rose Rita und lächelte diese mitleidig an. »Ich muss mich für meinen unhöflichen Sohn entschuldigen. Sag, Rosemary, woher kommst du, mein Kind?«

»Aus New Zebedee, Mrs. Sipes. Das ist eine kleine Stadt ganz unten im Süden von Michigan. Wahrscheinlich haben Sie noch nie davon gehört.«

»Ich glaube, ich weiß, wo das ist«, erwiderte Mrs. Sipes. »Nun dann. Ich denke, wir sollten deinen Eltern Bescheid geben. Die werden bestimmt wissen wollen, was passiert ist. Wie heißt denn dein Vater, mein Kind?«

Rose Rita starrte auf das Tischtuch hinab. Sie schob ihre Unterlippe vor und gab sich alle Mühe, so traurig wie nur eben möglich auszusehen. »Meine Eltern sind beide tot. Ich lebe bei meinem Onkel Jonathan. Er ist mein Vormund und er heißt Jonathan Barnavelt. Er wohnt in der High Street 100.«

Mrs. Sipes blickte sie erschrocken an. »O mein Gott, du armes Mädchen! Was für eine Verkettung unglücklicher Umstände! Erst deine Eltern und jetzt das hier! Sag mir, mein Kind, wie ist es passiert?«

Rose Rita blinzelte. »Wie ist was passiert, Mrs. Sipes?«

»Wie sind deine Eltern ums Leben gekommen? Entschuldige, wenn ich auf etwas so Trauriges zu sprechen komme, aber was ist ihnen denn Furchtbares zugestoßen?«

Rose Rita überlegte. Ihre Augen funkelten. Sie begann, an ihrer Flunkerei Spaß zu finden. Anfangs hatte sie noch Angst gehabt aufzufliegen, aber Mrs. Sipes hatte ihr die Geschichte über die im Wald verloren gegangene Mrs. Zimmermann ebenso geglaubt wie das Märchen von der armen Waisen – nicht zu vergessen Rose Ritas falschen Namen –, und Rose Rita hegte den Verdacht, dass sie alles schlucken würde. Sie lachte in sich hinein, wenn sie an ihre Erfindungsgabe dachte. Jonathan zu ihrem Vormund zu machen, das war clever gewesen! Dadurch würde sich die wunderbare Gelegenheit ergeben, ihn anzurufen und herauszufinden, was sie wissen wollte, ohne sich noch weiteren Blödsinn ausdenken zu müssen. Ursprünglich hatte sie vorgehabt, so zu tun, als seien ihre Eltern bei einem Autounfall ums Leben gekommen, aber nun entschloss sie sich, etwas Ausgefalleneres auszuprobieren. Schaden konnte es ja nichts.

»Meine Eltern sind auf sehr merkwürdige Weise ums Leben gekommen«, begann sie. »Wissen Sie, mein Vater war Förster. Er ist viel im Wald rumgelaufen und hat aufgepasst, dass es keine Waldbrände gab und so. Tja, und eines Tages fand er diesen Biberdamm. Es war ein ziemlich kurios aussehender Damm, ein einziges Durcheinander und alles irgendwie vermurkst. Mein Vater hatte noch nie einen Biberdamm gesehen, der so aussah, noch nie, und er hat sich gefragt, wie es kam, dass er so war, wie er war. Wissen Sie, er hatte ja keine Ahnung, dass der Damm von einem Biber mit Tollwut gebaut worden war. Und dann hat mein Vater meine Mom geholt, damit sie sich den Damm mal ansehen konnte, und da hat der Biber die beiden gebissen und sie sind gestorben.«

Stille. Totenstille. Dann begann Aggies Schwester zu kichern und einer der Jungen brach in schallendes Gelächter aus.

»Boah, ist ja bärenstark«, erklärte Leonard mit lauter, spöttischer Stimme, »und ich habe immer geglaubt, dass ein Biber mit Tollwut einfach bloß in den Wald läuft und stirbt. Hast du das nicht auch geglaubt, Ted?«

»Und ob«, erwiderte der Junge, der neben Leonard saß. »Ich habe noch nie gehört, dass einer von einem Biber mit Tollwut gebissen worden ist. Und außerdem, wenn das wirklich stimmt, wie hast du's dann rausgefunden? Wenn deine Eltern gebissen wurden und gestorben sind, dann haben sie dir ja wohl nicht mehr so viel erzählen können, wie?«

Rose Rita spürte, wie sie rot wurde. Alle starrten sie an, und sie kam sich so vor, als würde sie nackt dasitzen. Sie blickte angestrengt auf ihren Teller herab und murmelte: »War eine ziemlich seltene Form von Tollwut.«

Wieder diese Stille. Dieses Starren. Schließlich räusperte sich Mrs. Sipes und sagte: »Ähm, Rosemary, ich denke, du solltest besser mal für eine Minute mit mir ins andere Zimmer kommen. Und du auch, Aggie.«

Aggie stand auf und schlich hinter Rose Rita aus dem Zimmer. Mrs. Sipes führte sie die Treppe hinauf in ein Schlafzimmer. Rose Rita und Aggie setzten sich nebeneinander aufs Bett und Mrs. Sipes schloss leise die Tür hinter ihnen.

»Also dann«, begann sie, verschränkte die Arme vor der Brust und bedachte Rose Rita mit einem durchdringenden Blick. »Ich habe schon so einige unglaubliche Geschichten in meinem Leben gehört, aber die hier schlägt dem Fass doch glatt den Boden aus. Ich dachte mir schon, dass mit dieser Waisengeschichte was nicht stimmt, aber Rosemary … ist das übrigens dein richtiger Name?«

Rose Rita schüttelte den Kopf. »Nein, Mrs. Sipes«, erwiderte sie mit tränenerstickter Stimme. »Ich heiße Rose Rita.« Die Andeutung eines Lächelns erschien auf Mrs. Sipes Lippen. »Nun, das klingt ja wenigstens sehr ähnlich. Jetzt hör mir mal gut zu, Rose Rita«, sagte sie und blickte ihr geradewegs in die Augen, »wenn du in irgendwelchen Schwierigkeiten stecken solltest, würde ich dir gerne helfen. Ich habe keine Ahnung, was dich dazu gebracht hat, dir ein derart lächerliches Märchen über diesen Biber auszudenken, aber du musst dir schon bessere Lügengeschichten einfallen lassen, falls du mal eine richtig gute Betrügerin werden willst, wenn du groß bist. Und jetzt möchte ich dich bitten, mir offen und ehrlich zu erzählen, was geschehen ist und warum du hier bist.«

Rose Rita blickte Mrs. Sipes böse an. »Ich hab's Ihnen doch schon gesagt, Mrs. Sipes«, erwiderte Rose Rita dickköpfig. »Meine Freundin, Mrs. Zimmermann, ist verschwunden, und ich weiß nicht, wo sie ist. Hand aufs Herz, das stimmt. So wahr ich hier sitze.«

Mrs. Sipes seufzte. »Tja, nun, mein Kind, ich nehme

an, dass dieser Teil der Geschichte wahr sein könnte. Aber mir ist in meinem ganzen Leben noch nie solch eine grauenhafte Lüge wie diese Bibergeschichte untergekommen! Von einem Biber gebissen, also wirklich! Und nun erzählst du mir, dein richtiger Name sei Rose Rita. Also schön, dann lass noch ein bisschen mehr von der Wahrheit hören. Deine Eltern leben doch noch, stimmt's?«

»Ja, tun sie«, entgegnete Rose Rita mit matter, verzweifelter Stimme. »Und sie heißen George und Louise Pottinger und wohnen in der Mansion Street 39 in New Zebedee, in Michigan. Und ich bin ihre Tochter. Das bin ich wirklich. Ehrlich. Großes Indianer-Ehrenwort!«

Mrs. Sipes schenkte Rose Rita ein freundliches Lächeln. »Na also. Ist doch viel leichter, die Wahrheit zu sagen, nicht wahr?«

Eigentlich nicht, dachte Rose Rita, ohne etwas zu sagen.

Mrs. Sipes seufzte erneut und schüttelte den Kopf. »Ich verstehe dich einfach nicht, Rose Rita. Wirklich nicht. Wenn's doch wahr ist, dass du mit einer Freundin deiner Familie unterwegs warst, mit dieser Mrs. Zimmermann …«

»War ich wirklich, das können Sie mir glauben«, unterbrach sie Rose Rita. »Ihre Handtasche liegt immer noch auf dem Küchentisch in diesem blöden, alten Farmhaus und da drin hat sie bestimmt ihren Führerschein und jede Menge anderen Kram mit ihrem Namen drauf.« Sie verschränkte die Arme vor der Brust und funkelte Mrs. Sipes an.

»Nun gut«, entgegnete Mrs. Sipes ruhig. »Wie ich schon sagte, wenn dieser Teil deiner Geschichte wahr ist, warum um alles in der Welt hast du dann versucht, die Identität deiner Eltern zu verbergen?«

Rose Ritas wusste nicht gleich, was sie sagen sollte. Doch dann kam ihr eine Antwort in den Sinn, die auch irgendwie der Wahrheit entsprach. »Weil doch mein Paps Mrs. Zimmermann nicht leiden kann. Er hält sie für übergeschnappt, und sollte sie jemals wieder lebendig auftauchen, wird er mich mit ihr bestimmt nie wieder irgendwohin gehen lassen!«

»Oh, oh, mein Kind, jetzt gehst du mit deinem Vater aber ganz schön hart ins Gericht«, antwortete Mrs. Sipes. »Ich kenne ihn natürlich nicht, aber ich kann mir kaum vorstellen, dass er Mrs. Zimmermann für verrückt hält, bloß weil sie sich im Wald verirrt hat. Es verirren sich jeden Tag irgendwo Menschen.«

Ja, ja, schön und gut, dachte Rose Rita, aber wenn er jemals herausfinden sollte, dass Mrs. Zimmermann eine Hexe ist, würde er bestimmt an die Decke gehen. Außerdem kann er uns überhaupt nicht helfen. Onkel Jonathan ist der Einzige, der das kann. Rose Rita zappelte unruhig hin und her und bohrte ihren Absatz in den Teppich. Sie kam sich wie eine Gefangene vor. Wenn doch Mrs. Sipes einfach weggehen würde, damit sie Onkel Jonathan anrufen und herausfinden könnte, was sie wegen Mrs. Bigger unternehmen sollte! Er hätte gewiss eine Zauberformel für sie parat und alles würde gut werden. Sie brauchte dieses Buch, dieses Zauberbuch mit dem komischen Namen. Aber sie konnte nichts unternehmen, solange Mrs. Sipes sie nicht in Ruhe ließ.

Während Rose Rita so vor sich hin schmorte, plapperte Mrs. Sipes fröhlich weiter über Verantwortung und Ehrlichkeit und dass Eltern doch eigentlich die besten Freunde sein könnten, wenn man ihnen bloß die Chance dazu gäbe. Als Rose Rita ihr wieder zuhörte, sagte sie gerade: »... und deshalb finde ich, wir sollten jetzt deine Eltern anrufen und ihnen erzählen, was geschehen ist. Sie werden wissen wollen, ob es dir gut geht. Dann fahre ich mal zur Gunderson-Farm rüber, um nachzuschauen, ob da auch alles seine Ordnung hat. Bestimmt hast du die Türen sperrangelweit aufgelassen. Es gibt durchaus Menschen, die einfach daherkommen und Dinge mitgehen lassen, musst du wissen. Danach bleibt uns nichts anderes übrig, als abzuwarten.« Mrs. Sipes setzte sich neben Rose Rita aufs Bett. Sie legte den Arm um sie. »Tut mir Leid, wenn ich dir gegenüber so hart gewesen bin, Rose Rita«, sagte sie mit sanfter Stimme. »Du bist bestimmt sehr aufgebracht wegen dieser Sache mit deiner Freundin. Aber die Polizei ist ja jetzt da draußen und durchsucht den Wald. Ich bin mir sicher, dass sie sie finden werden.«

Schön wär's, dachte Rose Rita, entgegnete aber wieder nichts. Wenn Mrs. Sipes doch bloß endlich in den Wagen steigen und zur Farm fahren würde! Dann hätte sie hier ihre Ruhe! *Gehen Sie schon, Mrs. Sipes! Machen Sie, dass Sie wegkommen.*

Aber zuerst musste Rose Rita ihre Eltern anrufen. Da kam sie nicht drum herum. Mrs. Pottinger kam an den Apparat und Rose Rita erzählte aufs Neue ihre Geschichte von Mrs. Zimmermanns nächtlichem Verschwinden von der Gunderson-Farm und präsentierte ihre Vermutung, dass sie sich wahrscheinlich im Wald verirrt habe. Mrs. Pottinger gehörte zu den Menschen, die sich leicht aufregten, und als sie von Mrs. Zimmermanns Verschwinden hörte, machte sie das ganz schön nervös. Dennoch riet sie Rose Rita, sich keine Sorgen zu machen, und versicherte ihr, so schnell wie möglich mit Mr. Pottinger zu kommen, um sie abzuholen. Außerdem rang sie Rose Rita das Versprechen ab, sie direkt anzurufen, sobald es Neuigkeiten über den Verbleib von Mrs. Zimmermann gäbe. Dann übernahm Mrs. Sipes den Hörer und erklärte Mrs. Pottinger den Weg zur Farm. Ehe Mrs. Pottinger auflegte, wollte sie nochmal mit Rose Rita sprechen. Zu guter Letzt stieg Mrs. Sipes nach einigem Hin und Her in ihren Wagen und fuhr Richtung Gunderson-Farm davon.

Rose Rita stand am Fenster und sah zu, wie Mrs. Sipes Wagen hinter einer Hügelkuppe verschwand. Aggie stand neben ihr und blickte sie mit ihrem gewohnt besorgten Gesichtsausdruck an.

»Was machst du denn jetzt?«, erkundigte sie sich.

»Ich werde ganz fix Onkel Jonathan anrufen. Wenn der nicht weiß, was man mit der alten Mrs. Bigger anfangen soll, dann weiß es keiner!« Rose Rita war ganz aufgeregt. Insgeheim stellte sie sich schon vor, wie sie mit einem Zauberspruch bewaffnet Mrs. Bigger gegenübertreten würde.

Rose Rita marschierte in die Eingangshalle und nahm den Hörer vom Telefon. Sie blickte unruhig nach links und rechts, um sich zu vergewissern, dass ja auch keines der anderen Sipes-Kinder in Hörweite war. Aber es war niemand zu entdecken. Aggie stand neben Rose Rita und wartete gespannt ab, als diese ihr Ferngespräch anmeldete: »Vermittlung, ich möchte bitte einen Mr. Jonathan Barnavelt in New Zebedee in Michigan sprechen, die Nummer ist 865. Das hier ist ein R-Gespräch.«

Rose Rita und Aggie warteten. Sie hörten, wie die Dame in der Vermittlung Jonathans Telefon läuten ließ. *Brr. Brr. Brr.* Acht Mal ließ sie es läuten, doch dann verkündete sie mit diesem Singsang, den Rose Rita nur allzu gut kannte: »Es tut mir Leid, aber der Teilnehmer antwortet nicht. Möchten Sie es später noch einmal versuchen?«

»Ja, ja«, erwiderte Rose Rita mit matter, verzagter Stimme. »Ich versuch's später nochmal. Danke.« Sie legte den Hörer auf und ließ sich auf das Sitzkissen neben dem Telefon sinken. »Leckomio!«, rief sie wütend. »Pannemann und Söhne! Und was machen wir *jetzt*?«

»Vielleicht finden sie deine Mrs. Zimmermann ja im Wald«, erklärte Aggie hoffnungsvoll. Sie hatte einige Schwierigkeiten damit, Rose Ritas Lügen und die wahre Geschichte auseinander zu halten.

Rose Rita blickte sie bloß an. »Wir werden's noch mal versuchen«, murmelte sie. »Irgendwann muss er ja nach Hause kommen.«

Rose Rita probierte es in den nächsten zehn Minuten noch drei Mal, aber ohne Erfolg. Kurze Zeit später kehrte Mrs. Sipes zurück. Sie strahlte, denn sie hatte Mrs. Zimmermanns Handtasche auf dem Küchentisch in Oleys Haus gefunden und darin Führerschein, Autoschlüssel und noch weitere Papiere, aus denen hervorging, dass Mrs. Zimmermann wirklich Mrs. Zimmermann war. Nun war sie überzeugt, dass Rose Rita ihr die Wahrheit gesagt hatte. Und die war froh, dass Aggies Mutter zu dieser Überzeugung gelangt war. Wenn es nach Rose Rita gegangen wäre, hätte Mrs. Sipes jetzt ruhig in irgendeinen entlegenen Winkel der Farm verschwinden können, damit sie weiterhin ungestört versuchen konnte, Jonathan zu erreichen.

Aber Mrs. Sipes blieb für den Rest des Tages im Haus. Rose Rita setzte sich auf die Verandaschaukel, spielte Schlagball mit Aggie und half ihr, die Kühe zu füttern und den Schweinen ihren Trank zu verabreichen. Und wenn sie nichts tat, kaute Rose Rita an ihren Nägeln. *Warum nur verzog sich Mrs. Sipes denn bloß nicht*? Es gab nur ein einziges Telefon im Haus, und da es auf dem Tisch vorne in der Eingangshalle stand, hatte man dort nicht gerade seine Ruhe. Mrs. Sipes gehörte zwar nicht zu der Sorte Leute, die beim Telefonieren neben einem stand, aber was wäre, wenn sie im Nebenzimmer war und mitbekam, wie Rose Rita Jonathan nach einem Zauberspruch fragte, um Mrs. Zimmermann von Gertie Biggers Bann zu befreien? Nein, sie müsste schon allein sein, wenn sie Jonathan anrufen wollte, das war Rose Rita klar. Sie wartete auf eine günstige Gelegenheit, aber die wollte einfach nicht kommen.

Am Abend, als Rose Rita und Aggie Mrs. Sipes dabei halfen, das Essen vorzubereiten, läutete das Telefon. Es war Mrs. Pottinger. Offenbar war ihr Wagen unterwegs kaputt gegangen. Sie vermutete, dass es am Getriebe lag. Aber was auch immer es war, sie konnten es unmöglich bis morgen früh schaffen. Ob es irgendwelche Neuigkeiten über Mrs. Zimmermann gebe? Nein, keine Neuigkeiten. Mrs. Pottinger bedauerte die Verzögerung, doch sobald der Wagen wieder lief, wollten sie sich erneut auf den Weg machen.

Rose Rita war erleichtert. Nun blieb ihr mehr Zeit, Onkel Jonathan anzurufen! »Oh, jetzt mach schon, Onkel Jonathan!«, schickte sie ein Stoßgebet zum Himmel. »Sei das nächste Mal zu Hause! Bitte sei zu Hause! Bitte, bitte!«

Rose Rita verbrachte den Abend mit Aggie und einigen der anderen Sipes-Kinder. Sie spielten Rommé auf Michigan-Art und ein lustiges Puffspiel. Bevor Rose Rita sich versah, war es Zeit fürs Bett. Sie nahm ein dringend nötiges Bad und zog sich einen sauberen Pyjama aus ihrem Koffer über, den Mrs. Sipes aus dem Farmhaus mitgebracht hatte. Als Rose Rita wieder blitzsauber war, verkündete ihr Mrs. Sipes, dass sie in dem zweiten Bett in Aggies Zimmer schlafen könne.

Aggies Zimmer war voller rosa Rüschen, ein echtes Mädchenzimmer. In einem Schaukelstuhl in der Ecke saß ein großer Teddybär, und es gab einen Schminktisch mit einem runden Spiegel, auf dem einige Parfümfläschchen standen. Auch wenn sie ein Farmmädchen war und die meiste Zeit Bluejeans trug, so schien sich Aggie doch als Mädchen sehr wohl zu fühlen. Sie freute sich auf die Mittelschule, auf Tanzveranstaltungen und Abschlussbälle und all das Zeug. Sie erklärte, es sei eine echte Erleichterung für sie, manchmal aus ihrer Bluejeans und den Stiefeln herauszukommen, die nach Mist rochen, und zu einem Squaredance gehen zu dürfen. Rose Rita überlegte, ob sie im Herbst vielleicht auch so denken würde. In der Zwischenzeit aber hatte sie wichtigere Dinge im Kopf.

Rose Rita lag wach im Bett und lauschte den Geräuschen des Hauses. Ihr Herz pochte heftig und sie war sehr unruhig. Die ganze Sipes-Familie ging um zehn Uhr zu Bett, denn sie standen alle um sechs in der Früh wieder auf, um ihren verschiedenen Pflichten nachzukommen. Ausnahmen wurden nicht geduldet. Angesichts der Tatsache, dass es acht Kinder in der Familie gab, wurde es im Haus recht schnell ruhig. Um halb elf hätte man in der Eingangshalle eine Stecknadel fallen hören können.

»Bist du noch wach, Rose Rita?«, zischte Aggie.

»Natürlich bin ich noch wach. Ich werde in ein paar Minuten nach unten schleichen und nochmal versuchen, Onkel Jonathan anzurufen.«

»Soll ich mit dir kommen?«

»Lieber nicht. Zu zweit würden wir zu viel Lärm machen. Sei einfach mucksmäuschenstill und warte hier.«

»Na schön.«

Minuten vergingen. Als sich Rose Rita endlich sicher war, dass das ganze Haus schlief, kletterte sie aus dem Bett und schlich auf Zehenspitzen die Treppe hinunter zum Telefon. Es gab einen Wandschrank dort unten in der Eingangshalle und glücklicherweise war die Schnur des Telefons lang genug. Rose Rita packte das Telefon, kroch in den Schrank, schloss die Tür und hockte sich unter die Mäntel. Sie flüsterte, so laut sie es sich eben noch getraute, Jonathans Nummer in den Hörer. Wieder einmal versuchte die Vermittlung, die Verbindung zu Onkel Jonathan herzustellen. Sein Telefon in New Zebedee läutete zehn Mal, fünfzehn Mal, zwanzig Mal. Zwecklos. Er war nicht zu Hause – wahrscheinlich über Nacht weg.

Rose Rita legte den Hörer auf und stellte das Telefon wieder auf den Tisch. Sie schlich die Treppe hinauf in Aggies Zimmer.

»Wie ist es gelaufen?«

»Nichts zu machen«, flüsterte Rose Rita. »Vielleicht ist er zu Besuch bei seiner Schwester in Osee Five Hills. Da fährt er ab und zu hin, aber ich weiß die Nummer nicht. Ich kenne nicht mal ihren Namen. Ach, Hustekuchen, was machen wir denn jetzt bloß?«

»Ich hab nicht den blassesten Schimmer.«

Rose Rita griff sich mit beiden Händen an den Kopf und versuchte nachzudenken. Wäre sie imstande gewesen, sich einige schlaue Ideen aus dem Kopf zu schütteln, hätte sie es getan. Es musste doch einen Weg geben, verflixt nochmal …

»Aggie?«

»Sch. Nicht so laut. Sonst hört uns meine Mutter noch.«

Rose Rita gab sich Mühe, leiser zu flüstern. »Schon gut. Tut mir Leid. He, Aggie, hör zu. Wohnt Mrs. Bigger eigentlich in ihrem Laden? Irgendwo hinten raus oder oben vielleicht?«

»Nö. Die wohnt so drei Kilometer von hier in einem kleinen Haus, das ziemlich weit von der Straße zurückliegt. Wieso willst du das wissen?«

»Aggie«, erwiderte Rose Rita aufgeregt und vergaß ganz, dass sie ja flüstern musste, »hättest du Lust, mir zu helfen, in Mrs. Biggers Laden einzubrechen? Noch heute Nacht?«

X. KAPITEL

Sobald Aggie von Rose Ritas Plan hörte, versuchte sie, sich irgendwie aus der Sache herauszuwinden. Sie dachte sich tausend Gründe aus, die dagegen sprachen, zu Mrs. Biggers Laden zu gehen. Man könnte sie erwischen und in die Besserungsanstalt stecken. Ihre Mutter würde sie *bestimmt* erwischen und ihnen eine Gardinenpredigt halten und alles Rose Ritas Eltern erzählen. Mrs. Bigger könnte sich im Laden aufhalten und versteckt in einem Schrank auf sie warten. Der Laden war gewiss abgeschlossen und sie kämen erst gar nicht hinein. Mrs. Biggers Hund könnte sie beißen. Und so weiter und so fort. Doch Rose Rita ließ sich von Aggies Argumenten nicht beeindrucken. Sie kannte ihre neue Freundin erst kurze Zeit, wusste aber schon, dass sie eine Schwarzseherin war. Schwarzseher malten sich ständig die schrecklichsten Dinge aus. Sie sahen Gefahren, wo gar keine waren. Luis war auch so einer, und er sorgte und ängstigte sich andauernd wegen jeder Kleinigkeit. Aggie benahm sich im Augenblick genau wie er.

Für Rose Rita war die Sache glasklar. Mrs. Bigger war eine Hexe und sie las andauernd Zauberbücher. Sie besaß gewiss eine Ausgabe dieses Malle-Dingsbums, dieses Buchs, das Rose Rita unbedingt finden musste, um Mrs. Zimmermann zu retten. Es könnte bei ihr zu Hause sein oder möglicherweise auch irgendwo im Laden, wo sie schließlich eine Menge Zeit verbrachte und bestimmt bei der Arbeit las. Rose Rita sagte sich, dass sie immerhin diesen Zauber auf dem Zettelchen gefunden hatte, das in einem von Gertie Biggers Geschäftsbüchern gesteckt hatte. Und da es ihr bereits gelungen war, das zu finden, würde sie vielleicht noch andere Dinge entdecken. Rose Rita übersah geflissentlich, wie löchrig ihre Begründung war. Sie stellte sich vor, wie sie in die Höhle des Löwen eilen würde, um Gertie Bigger in ihrer Behausung gegenüberzutreten. Sie würde vor ihr stehen mit diesem wundervollen Buch, aus dem sie seltsame, düster klingende Zaubersprüche vorlas, magische Worte, die Gertie Bigger in die Knie zwingen und sie dazu bringen würden, Mrs. Zimmermann von … von wo auch immer sie sie hin verfrachtet hatte, hervorzuzaubern. Rose Rita kam zwar auch der Gedanke, dass Mrs. Bigger ihre Zauberkräfte möglicherweise dazu benutzt hatte, Mrs. Zimmermann zu töten. Aber, dachte Rose Rita grimmig, wenn sie das getan haben sollte, dann werde ich sie eben dazu bringen, Mrs. Zimmermann von den Toten zurückzuholen! Und wenn das nicht funktioniert, dann wird sie für das bezahlen, was sie getan hat! Eine Riesenwut stieg in Rose Rita auf. Sie hasste diese große, stämmige Frau mit dem abscheulichen, höhnischen Benehmen und ihre beleidigende, verlogene, miese, gemeine, betrügerische Art. Sie würde ihr schon zeigen, was Sache war, o ja. Aber erst mal musste sie Aggie davon überzeugen, bei ihrem Plan mitzumachen. Das war gar nicht so einfach. Rose Rita versuchte es mit Argumenten und Schmeicheleien, aber Aggie war ein dickköpfiges Mädchen – ungefähr genauso dickköpfig wie Rose Rita selbst. Und Aggie war ganz besonders dickköpfig, wenn sie Angst hatte.

»Also schön, Aggie«, sagte Rose Rita und verschränkte ihre Arme vor der Brust. »Wenn *das* dein letztes Wort ist, dann gehe ich eben allein!«

Aggie machte einen gekränkten Eindruck. »Ernsthaft? Das willst du wirklich tun?«

Rose Rita nickte grimmig. »Und ob. Und du wirst mich nicht davon abhalten.«

Das allerdings hätte Aggie mit Leichtigkeit tun können und Rose Rita wusste es. Sie hätte nichts weiter machen müssen, als laut zu rufen, und schon wäre Mrs. Sipes, die einen sehr leichten Schlaf hatte, zu ihnen ins Zimmer gestürmt gekommen, um zu sehen, was es mit dem Krach auf sich hatte. Aber Aggie gab keinen Laut von sich. Eigentlich hätte sie sich nur zu gern in ein solches Abenteuer gestürzt. Aber andererseits hatte sie auch Angst davor.

»Jetzt mach schon, Aggie«, flehte Rose Rita. »Sie werden uns nicht erwischen, das verspreche ich dir. Und wenn wir dieses Buch, von dem ich dir erzählt habe, in die Finger kriegen, können wir die alte Mrs. Bigger zur Minna machen. Das würd dir doch auch gefallen, oder?«

Aggies Stirn legte sich in Falten. Ihre Augenbrauen wanderten so bedenklich nah aufeinander zu, dass sie beinahe zusammenstießen. Sie wirkte besorgter denn je. »Manno, ich weiß nicht, Rose Rita. Bist du dir sicher, dass dieses komische Buch da ist?«

»Natürlich bin ich mir nicht sicher, du Blödian. Aber wir werden es wohl kaum herausfinden, wenn wir die ganze Nacht hier rumsitzen. Also, auf geht's, Aggie. Komm doch mit. BITTE!«

Aggie blickte unsicher drein. »Und wie sollen wir da

reinkommen? Die Türen und Fenster sind doch verschlossen.«

»Darüber machen wir uns Gedanken, wenn wir erst mal da sind. Vielleicht müssen wir ein Fenster einschlagen oder so was in der Art.«

»Das macht aber doch einen Höllenlärm!«, entgegnete Aggie. »Und du könntest dich an dem Glas schneiden!«

»Dann müssen wir eben das Schloss aufbrechen. Im Kino machen das die Leute doch andauernd.«

»Wir sind aber nicht im Kino, das hier ist das wirkliche Leben. Hast du eine Ahnung, wie man Schlösser aufbricht? Hä? Ja? Ich wette, nicht.«

Aggie konnte einen wirklich auf die Palme bringen, dachte Rose Rita. »Hör zu, Aggie«, sagte sie, »wenn wir da sind und keinen Weg finden reinzukommen, geben wir auf und gehen wieder hierher zurück, in Ordnung? Und falls wir einen Weg finden reinzukommen, musst du ja nicht mitmachen. Du kannst draußen bleiben und Schmiere stehen. Los, Aggie, gib dir einen Ruck. Ich brauch dich wirklich. Na, wie sieht's aus, hm?«

Aggie kratzte sich am Kopf und blickte immer noch unsicher drein. »Versprichst du mir, dass ich nicht mit rein muss? Und wenn wir nicht reinkommen, gehen wir schnurstracks wieder hierher zurück?«

»Hand aufs Herz«, erwiderte Rose Rita.

»Also schön«, antwortete Aggie. »Warte hier, ich hol eben meine Taschenlampe. Die werden wir brauchen.«

Rose Rita und Aggie zogen sich leise ihre Sachen über und schlüpften in ihre Turnschuhe. Aggie zog eine lange Taschenlampe aus dem Schrank heraus und kramte in der Schublade ihrer Frisierkommode, bis sie ein altes Pfadfindermesser gefunden hatte. Das Messer besaß einen schwarzen, schrumpeligen Plastikgriff, in dem sich an einem Ende eine kleine Glasblase mit einem Kompass darin befand. Aggie wusste nicht so recht, warum sie ausgerechnet dieses Messer mitnahm, aber sie dachte, dass es ihnen vielleicht irgendwie nützlich sein könnte.

Als sie fertig waren, schlichen die beiden Mädchen auf Zehenspitzen zur Zimmertür. Aggie übernahm die Führung. Vorsichtig öffnete sie die Tür einen Spalt breit und blickte nach draußen.

»Die Luft ist rein!«, flüsterte sie. »Geh mir einfach nach.«

Die beiden Mädchen schlichen den Flur entlang und die Treppe hinunter. Sie durchquerten leise die Zimmer im Erdgeschoss und erreichten die Hintertür. Diese stand sperrangelweit offen, denn es war eine heiße Nacht. Nicht einmal die Fliegengittertür war eingehakt. Aggie und Rose Rita traten ins Freie und schlossen die Tür leise hinter sich.

»Puh!«, hauchte Rose Rita. »Das war ja noch ziemlich einfach!«

Aggie lächelte schüchtern. »Stimmt. Aber das habe ich auch schon oft gemacht. Ich bin früher mit meinem Bruder immer zum Frösche-Aufspießen da unten an das Flüsschen gegangen. Aber dann hat uns meine Mutter mal erwischt und uns so richtig die Hölle heiß gemacht. Seitdem bin ich mitten in der Nacht nie wieder draußen gewesen. Komm mit.«

Aggie und Rose Rita liefen einen zerfurchten, schmalen Weg entlang, der zwischen zwei gepflügten Feldern verlief. Sie kletterten über einen kleinen Zaun und trabten über einen Graspfad, der parallel zur Hauptstraße verlief. Das Getreidefeld zu ihrer Linken rauschte sanft in der nächtlichen Brise. Sterne drängten sich am Himmel und strahlten auf sie herab und Grillen zirpten im hohen Gras.

Es dauerte nicht lange und die beiden Mädchen kamen an der Stelle vorbei, an der sie sich zum ersten Mal getroffen hatten. Da waren die herabhängende Ulme und der flache Felsbrocken. Sie hatten unterwegs aufgeregt miteinander geplaudert, aber nun wurden sie still. Sie waren nicht mehr weit von Mrs. Biggers Laden entfernt.

Als sie die Schotterstraße erreichten, blieben sie für einen Moment stehen. Da war Gertie Biggers Lebensmittelladen, abgeschlossen für die Nacht. Eine gelbe Insektenlampe erleuchtete die Eingangstür, und durch das große Fenster vorne konnten sie das Nachtlicht erkennen, das hinten im Laden brannte. Das Schild mit dem fliegenden, roten Pferd quietschte leicht im Wind, und die beiden Zapfsäulen sahen aus wie Soldaten, die Wache schoben.

»Da wären wir«, flüsterte Aggie.

»Sieht ganz so aus«, sagte Rose Rita. Sie spürte, wie sich ihr Magen zusammenzog. Vielleicht war das Ganze ja doch ein dummer Plan gewesen. Sie war kurz davor, Aggie zu fragen, ob sie nicht doch lieber umkehren wollten, doch dann schluckte sie ihre Angst hinunter und überquerte die Straße. Aggie blickte sich nervös um und folgte ihr.

»Scheint ja alles in Ordnung zu sein«, sagte Aggie, als sie beide auf der anderen Straßenseite angekommen waren. »Ihr Wagen steht immer da drüben, wenn sie hier ist, und der ist weg.«

»Gut! Was meinst du, sollen wir's mal vorne an der Eingangstür versuchen?«

»Wenn du unbedingt willst. Aber die ist bestimmt zugesperrt.«

Rose Rita trippelte die Stufen hinauf und rüttelte an der Tür. Sie war verschlossen. Fest verschlossen. Sie zuckte mit den Schultern und rannte die Treppe wieder hinunter.

»He, Kopf hoch, Aggie. Das war doch nur eine Möglichkeit von vielen. Es ist so eine heiße Nacht, da hat sie vielleicht irgendein Fenster offen stehen lassen. Komm, wir sehen mal nach.« Rose Rita spürte, wie ihr Mut und ihr Optimismus zurückkehrten. Es würde schon alles klappen. Sie würden einen Weg hinein finden.

Offenbar war Rose Ritas Zuversicht ansteckend, denn Aggies düstere Mine hellte sich auf. »Das ist mal 'ne gute Idee! Also schön, wir werden nachsehen.«

Als sie an der Längsseite des Hauses entlanggingen, vernahmen die Mädchen ein lautes Gackern. Hinter dem Zaun war das arme verdreckte, weiße Huhn. Es wirkte noch zerzauster und dürrer als am Tag zuvor, als Rose Rita es zum ersten Mal gesehen hatte. Die alte Gertie sollte es mal füttern, dachte sie. Das Huhn rannte hinter dem Zaun auf und ab, gackerte und schlug aufgeregt mit den Flügeln.

»Oh, halt bloß die Klappe!«, zischte Rose Rita. »Wir werden dir schon nicht den Kopf abhacken, du dummes Vieh!«

Die beiden Mädchen begannen, die Fenster an der Seite des Hauses zu inspizieren. Die Fenster im Erdgeschoss waren alle zu und vermutlich auch noch fest verschlossen. Um sicherzugehen, kletterte Rose Rita auf eine Orangenkiste und drückte gegen eines. Es bewegte sich keinen Millimeter.

»Mannomann, so ein Mist aber auch!«, brummte sie und sprang von der Kiste herunter.

»Oh, du darfst nicht einfach so aufgeben!«, ermunterte sie Aggie. »Wir haben doch noch gar nicht die … hoppla, Vorsicht!«

Rose Rita wirbelte herum und sah gerade noch, wie ein Wagen vorbeifuhr. Die Scheinwerfer strichen über den Laden hinweg, dann waren sie verschwunden. Wenn der Fahrer aufgepasst hätte, hätte er die beiden Gestalten neben dem Laden bemerken müssen. Aber offenbar hatte er das nicht getan. Rose Rita fühlte sich allen Blicken ausgesetzt, wie in einem Goldfischglas. Zum ersten Mal wurde ihr bewusst, in welcher Gefahr sie schwebten.

»Los«, sagte sie und zerrte unruhig an Aggies Arm. »Lass uns hinten nachsehen.«

Die beiden Mädchen gingen zur Rückseite des Ladens. Das kleine, weiße Huhn, das seit ihrer Ankunft unentwegt gegackert hatte, verstummte erst, als sie beide um die Ecke des Gebäudes verschwanden. Rose Rita war froh, dass das dumme Federvieh endlich die Klappe hielt. Es machte sie nur unnötig nervös.

Die beiden Mädchen versuchten es an der Hintertür. Auch sie war verschlossen. Sie traten einige Schritte zurück und betrachteten die rückwärtige Hauswand. Die Fenster im Erdgeschoss waren mit schweren Eisengittern gesichert – wahrscheinlich befand sich dort der Raum, in dem die Lebensmittel gelagert wurden. Doch da oben, im ersten Stock, war ein Fenster und – Rose Rita trat noch weiter zurück, um sicherzugehen –, ja, es war offen! Nicht sehr weit, aber immerhin einen Spalt breit.

»Boah!«, sagte Rose Rita und zeigte nach oben. »Siehst du das?«

Aggie blickte sie zweifelnd an. »Schon, aber ich glaube nicht, dass du dich durch so einen kleinen Schlitz zwängen kannst.«

»Habe ich ja auch gar nicht vor, du Döskopp! Der Spalt bedeutet doch, dass das Fenster nicht arretiert ist. Wenn ich also da raufklettere, kann ich's aufschieben.«

»Und wie willst du das anstellen, bitte schön?«

Rose Rita blickte sich um. »Weiß ich noch nicht. Lass mal sehen, ob's hier irgendwas zum Hochklettern gibt.«

Rose Rita und Aggie stöberten eine Weile hinten in Gertie Biggers Garten herum, fanden aber keine Leiter. Es gab zwar einen Geräteschuppen, aber der hatte ein Vorhängeschloss. Rose Rita lief zum Haus zurück, starrte mit zusammengekniffenen Augen zum Fenster hinauf und rieb sich das Kinn.

Ganz in der Nähe des Ladens stand ein Apfelbaum und seine Zweige berührten beinahe den Sims des Fensters, in das sie einsteigen wollte. Aber Rose Rita verstand viel vom Klettern, und sie wusste, dass ein Zweig sich neigte, sobald man versuchte, zu seinem Ende zu gelangen. An der Spitze würde er sich dann ganz weit nach unten neigen. Das hatte also keinen Sinn. Aber es gab ein Spalier, das an die Seite des Hauses genagelt war. Es reichte bis neben das Fenster hinauf. Wenn es ihr gelingen würde, daran hochzuklettern, könnte sie vielleicht das Fensterbrett zu fassen bekommen und sich irgendwie hinüberschwingen. Es war zumindest einen Versuch wert.

Rose Rita atmete tief durch und ließ die Gelenke ihrer Hände krachen. Sie schritt zum Spalier hinüber. Es war mit dichten, dornigen Reben bedeckt, doch hin und wieder gab es Stellen, wo man mit den Händen zupacken konnte. Rose Rita setzte einen Fuß auf eine Latte und umfasste eine andere mit der Hand. Sie schwang sich hinauf, sodass ihr Gewicht auf dem Spalier lastete, und blieb abwartend erst einmal so hängen, um zu sehen, was passierte. Nägel quietschten, als das Spalier begann, sich aus der Mauer zu lösen.

»Das sieht aber nicht gut aus«, stellte Aggie erschrocken fest. »Wenn du weiterkletterst, wirst du dir den Hals brechen.«

Rose Rita erwiderte nichts. Sie kletterte eine Latte höher, dann noch eine und noch eine. Mit einem lauten, splitternden, knacksenden und quietschenden Geräusch löste sich das Spalier allmählich von der Wand. Nägel und zerbrochene Holzstücke fielen zu Boden. Rose Rita sprang rasch von der Holzkonstruktion herab und landete auf den Füßen. Aggie ließ mit einem kleinen Aufschrei das Messer ins Gras fallen und eilte zu Rose Rita. Die stand da, lutschte an ihrem aufgeschrammten Daumen und betrachtete das ruinierte Spalier mit einem wütenden Blick.

»Das Ding bestand eh bloß aus verflixten Dornen!«, brummte Rose Rita.

»Ach du Schande, Mrs. Bigger wird mächtig sauer sein!«, sagte Aggie.

Rose Rita hörte gar nicht zu. Sie überlegte, ob sie vielleicht an der Seite des Gebäudes hochklettern konnte. Es war nicht allzu weit hinauf bis zum ersten Stock, und die weißen Schindelstreifen machten den Eindruck, als könnten sie ihr etwas Halt geben. Rose Rita versuchte es, rutschte aber ab. Sie versuchte es noch einmal – mit dem gleichen Ergebnis. Keuchend und mit rotem Gesicht stand sie da. Zum ersten Mal begannen sich bei ihr Zweifel an der Tauglichkeit ihres Plans zu regen.

»Lass uns nach Haus gehen«, schlug Rose Rita verbittert vor. Sie fühlte, wie ihr die Tränen in die Augen stiegen.

»Willst du etwa schon aufgeben?«, erkundigte sich

Aggie. »Puh, das halte ich aber für keine sehr gute Idee. Wir haben ja noch nicht mal auf der anderen Seite des Ladens geguckt.«

Rose Rita fuhr zusammen und sah Aggie an. Da hatte sie verdammt Recht! Rose Rita hatte sich derartig darauf versteift, einen Weg hinauf zu diesem Fenster zu finden, dass sie die andere Seite des Hauses völlig vergessen hatte. Da waren sie ja noch gar nicht gewesen!

»Prima, dann lass uns mal einen Blick drauf werfen«, erwiderte Rose Rita grinsend.

Auf der anderen Längsseite des Gebäudes wuchs dichtes Gebüsch bis nah an die Fenster heran, doch es gab eine Art kleinen Tunnel, durch den man sich zwischen den Büschen hindurchschieben konnte, wenn man sich nur tief genug bückte. Rose Rita und Aggie machten sich ganz klein und schlängelten sich langsam, Stückchen für Stückchen, vorwärts. Als sie aufblickten, erkannten sie, dass die Fenster auf dieser Seite ebenfalls mit Gittern und Vorhängeschlössern gesichert waren. Doch was war das? In den Boden eingelassen entdeckten sie einen Kellereingang. Es war einer dieser altmodischen Zugänge mit zwei schrägen Holztüren, die man seitlich hochklappen musste. Aggie richtete den Strahl ihrer Taschenlampe auf die Tür. An der Stelle, wo die beiden Türen aufeinander trafen, befanden sich zwei Metallvorrichtungen. Offenbar waren sie für ein Vorhängeschloss gedacht, das es aber nicht gab. Der Eingang war unverschlossen.

Rose Rita packte vorsichtig den Griff der einen Tür. Sie war ziemlich schwer. Trotzdem gelang es ihr, sie hochzuziehen, und der Geruch von Erde und Schimmel stieg ihnen in die Nase. Rose Rita erschauerte unwillkürlich und trat einen Schritt zurück. Sie ließ die Tür los und sie fiel mit einem lauten Knall zu.

Aggie blickte Rose Rita ängstlich an. »Was ist denn, Rose Rita? Hast du was gesehen?«

Rose Rita strich sich mit der Hand über die Stirn. Sie war ganz benommen. »Ich … nein, habe ich nicht, Aggie, ich … ich habe mich bloß plötzlich gefürchtet. Keine Ahnung warum, einfach so. Wahrscheinlich bin ich ein ziemlicher Hasenfuß, das ist alles.«

»Schon komisch, nicht?«, überlegte Aggie laut, während sie auf die Tür starrte. »All diese Gitter und Schlösser, aber die Tür hier lässt sie offen. Irgendwie kurios.«

»Da hast du eigentlich Recht. Aber vielleicht hat sie geglaubt, dass niemand hier im Gebüsch rumschnüffeln würde.« Rose Rita fand selbst, dass das eine recht lahme Erklärung war, aber es war die einzige, die ihr einfiel. Diese offene Tür hatte schon was sehr Eigenartiges an sich. Sie wusste nur nicht, was.

Rose Rita gab sich einen Ruck. Sie packte den Griff erneut und öffnete erst die eine, dann die andere Tür. Danach nahm sie Aggie die Taschenlampe ab und betrat die dunkle Öffnung. Unten am Fuß der kurzen Steintreppe entdeckte sie eine schwarze Tür mit einem dreckigen, spinnwebenüberzogenen Fenster. Sie legte ihre Hand auf den Porzellanknauf und stellte fest, dass er überraschend kalt war. Rose Rita drehte den Knauf vorsichtig. Zuerst dachte sie, die Tür sei verschlossen, doch als sie fester drückte, schwang sie mit einem lauten Knarren auf.

Im Keller war es stockdunkel. Rose Rita ließ den Strahl der Taschenlampe in der Finsternis umherwandern.

»Alles klar bei dir?«, erkundigte sich Aggie beunruhigt.

»Ich … ich glaub schon. Hör zu, Aggie, du bleibst

am besten da oben und stehst Schmiere. Ich geh rein und seh mich mal um.«

»Bleib nicht zu lange.«

»Keine Sorge, werde ich nicht. Bis nachher.«

»Mach's gut.«

Rose Rita drehte sich um und richtete den Strahl der Taschenlampe nach oben. Da stand Aggie mit ihrem besorgten Stirnrunzeln. Sie hob den Arm, um ihr zuzuwinken, aber die Bewegung wirkte recht zögerlich. Rose Rita schluckte, doch dann dachte sie an Mrs. Zimmermann. Sie drehte sich um und betrat den Keller.

Als sie über den kalten Steinboden ging, schaute Rose Rita unruhig nach rechts und links. In einer Ecke stand ein Heizkessel. Mit seinen hochgereckten Metallarmen sah er wie eine Art Monstrum aus. Weiter drüben erblickte sie eine Kühltruhe. Sie erinnerte Rose Rita an ein Grab. Sie lachte nervös. Warum bloß kam ihr alles hier so furchterregend vor? Das war doch nichts weiter als ein ganz normaler Keller. Hier gab es keine Geister, keine Ungeheuer. Rose Rita ging weiter.

In der hinteren Ecke des Kellers entdeckte sie eine Holztreppe, die nach oben führte. Langsam kletterte sie Stufe für Stufe nach oben. Die Stufen knarrten laut unter ihren Füßen. Oben an der Treppe befand sich eine Tür. Rose Rita öffnete sie und befand sich im Laden.

Lebensmittel stapelten sich in langen Reihen. Dosen, Flaschen, Gläser und Schachteln, halb erleuchtet vom schwachen Licht der kleinen Glühbirne, die über der Kasse brannte. Draußen vor dem großen Fenster fuhr ein Wagen vorbei. Rose Rita vernahm das langsame Ticken einer Uhr, die sie allerdings nicht sehen konnte. Sie durchquerte den Raum und öffnete eine Tür. Da waren wieder Stufen, die nach oben führten. Sie begann, sie hinaufzusteigen.

Auf halbem Wege bemerkte Rose Rita ein Bild, das mit der Rückseite nach vorn an der Wand hing. Neugierig drehte sie es um. Das Bild zeigte einen Heiligen mit einem Heiligenschein. Er hielt ein Kreuz umklammert und starrte mit unheimlichen Augen gen Himmel. Rose Rita drehte das Bild hastig wieder zur Wand. Ein heftiges Zittern überfiel sie. Warum bloß fürchtete sie sich so? Sie hatte keine Ahnung. Als sie sich wieder beruhigt hatte, ging sie weiter.

Oben an der Treppe gab es einen L-förmigen Flur, und ungefähr auf der Mitte dieses Flurs befand sich eine Tür, in deren Schloss ein Schlüssel steckte. Rose Rita drehte den Schlüssel und die Tür schwang auf. Als Rose Rita den Lichtstrahl der Taschenlampe herumwandern ließ, stellte sie fest, dass sie sich in einem kleinen Schlafzimmer befand.

Direkt rechts an der Wand war ein Lichtschalter. Ob es schlecht wäre, das Licht anzuschalten? Rose Rita sah zum Fenster hinüber. Es war das einzige im Zimmer und genau das Fenster, das sie über das Spalier zu erreichen versucht hatte. Von dort aus blickte man hinaus auf die dunklen Bäume hinter dem Laden. Gertie Bigger war meilenweit weg. Wenn ich das Licht anschalte, dachte Rose Rita, werden die Leute glauben, es sei die alte Gertie, die hier oben ihr Geld zählt. Sie drückte auf den Schalter und sah sich im Raum um.

Es gab nichts Besonderes zu entdecken. Das einzig Seltsame war, dass er sehr bewohnt aussah. Aber Rose Rita fiel ein, dass Gertie Bigger wahrscheinlich im Winter öfter hier übernachtete, wenn das Wetter so schlecht war, dass sie nicht nach Hause fahren konnte. In einer Ecke stand ein schmales Eisenbett. Es war grün gestrichen und die gusseisernen Blumensträußchen auf den Stangen am Kopfteil waren mit rosa Farbe aufgefrischt. Daneben befand sich ein Schrank ohne Tür. Einfache Damenkleider hingen da an einer Stange und zusammengeknüllte Nylonstrümpfe lagen neben einem Paar schwarzer Damenschuhe auf dem Boden. Außerdem war in dem Schrank ein Regalbrett, auf dem so etwas wie eine Decke lag. Also nichts Ungewöhnliches.

Rose Rita durchquerte das Zimmer und untersuchte die Frisierkommode. Vor dem Spiegel stand eine Sammlung von Flaschen und Gläsern. Lotionen von Jergen's und Pond's, außerdem eine Creme von Noxzema und dazu eine große, blaue Flasche Parfüm mit dem schönen Namen »Ein Abend in Paris«. Auf einem weißen Leinenläufer lagen Pinzetten und Kämme und Bürsten, Reste von Kosmetiktüchern und kleine, lockige Haarbüschel und eine Schachtel mit Kleenex.

Rose Rita drehte sich um und ließ ihren Blick im Zimmer umherschweifen. Gab es sonst noch etwas? Auf einem niedrigen Tisch neben dem Bett lag ein großes Buch. Ein großes Buch mit einem Ledereinband. Die Seiten waren mit Goldschnitt versehen und auf dem Rücken und der Vorderseite befanden sich überladene, vergoldete Verzierungen. Aus dem Buch schaute ein verschmiertes Lesezeichen heraus.

Rose Rita spürte, wie ihr Herz pochte. Sie schluckte schwer. Das konnte doch nicht wahr sein, oder? Sie trat näher und schlug den schweren Einband auf. Dann zog sie ein langes Gesicht. Das war nicht das Buch, das sie suchte. Es nannte sich *Enzyklopädie jüdischer Antiquitäten* und war von einem Reverend Dr. Dr. Merriwether Burchard verfasst worden. Rose Rita blätterte ein bisschen darin herum.

Es war in Doppelspalten mit einer winzigen, schwarzen Schrift gedruckt und voller düsterer, geheimnisvoller Stiche. Laut den Bildunterschriften stellten sie den Salomontempel, die Bundeslade, das bronzene Waschbecken, den siebenarmigen Kerzenleuchter und Ähnliches dar. Rose Rita kannte einige der Dinge auf den Bildern. Sie hatte solche Stiche schon in der Familienbibel ihrer Großmutter gesehen. Sie gähnte. Das schien ja ein ziemlich langweiliges Buch zu sein. Rose Rita seufzte. Das hier war ganz bestimmt nicht die Behausung einer Hexe. Vielleicht hatte sie sich ja in Gertie Bigger getäuscht. Rose Rita musste sich schweren Herzens eingestehen, dass ihre Hexentheorie auf nichts anderem als auf einem Haufen von Vermutungen basierte. Mrs. Bigger mochte ein Foto von Mordecai Hunks an der Wand hängen haben, aber was für ein Beweis war das schon? Und was das Foto betraf, das Mrs. Zimmermann gefunden hatte, so konnte das gut und gern nichts weiter als ein Zufall gewesen sein. Und was die seltsame Zeichnung und Mrs. Biggers eigenartigen Lesegeschmack anging, so gehörte sie vielleicht einfach zu den Leuten, die sich wünschten, eine Hexe zu sein. Mrs. Zimmermann hatte Rose Rita einmal erzählt, dass es eine Menge Leute gab, die gern irgendwelche Zauberkräfte besitzen würden, auch wenn die Chance, sie jemals zu erlangen, bloß eins zu einer Million stand. Und solche Leute lasen ja dann vermutlich Zauberbücher in der Hoffnung, die Zauberei zu erlernen, oder nicht? Nun, das lag doch ganz offensichtlich auf der Hand!

Rose Rita fragte sich, ob sie nicht einen schrecklichen Fehler begangen hatte. Mrs. Zimmermann und ihr waren einige merkwürdige Dinge zugestoßen, aber das hieß ja nicht, dass die alte Mrs. Bigger dafür verantwortlich gewesen war. Sie nahm ihre Taschenlampe vom Bett und wollte sich gerade wieder auf den Weg nach unten machen, als sie ein leises Kratzen an der Schlafzimmertür hörte.

Einen Moment lang überkam Rose Rita blankes Entsetzen, doch dann fiel ihr ein, dass Mrs. Bigger ja einen Hund hatte. Einen kleinen, schwarzen Hund. Wahrscheinlich schloss sie ihn nachts in den Laden ein.

Rose Rita öffnete mit einem erleichterten Seufzen die Tür. Tatsächlich, da war der Hund, ganz so, wie sie es vermutet hatte. Er trottete durch das Zimmer und sprang aufs Bett. Rose Rita lächelte und wollte zur Tür hinausgehen. Doch etwas ließ sie verharren. Der Hund gab ein sehr seltsames Geräusch von sich. Ein Geräusch, das wie das Husten eines Menschen klang. Tiere fabrizierten ja manchmal Laute, die durchaus menschlich anmuteten. Das Miauen einer Katze klang unter bestimmten Bedingungen wie das Gejammer eines Babys. Rose Rita wusste das genau, aber dennoch veranlasste sie das Geräusch, stehen zu bleiben. Ihre Nackenhaare richteten sich auf. Sie drehte sich ganz langsam um. Da drüben auf dem Bett saß Gertie Bigger, und ihr harter, brutaler Mund war zu einem Lächeln verzogen, das so böse war, wie Rose Rita noch niemals zuvor eins in ihrem Leben gesehen hatte.

XI. KAPITEL

Es war dunkel um sie herum. Sehr dunkel sogar. Rose Rita spürte, dass irgendetwas über ihren Augen lag, aber sie hatte keine Ahnung, was es war. Sie hätte gern mit den Händen nach oben gelangt, um dieses Etwas zu entfernen, aber das ging nicht. Rose Ritas Hände lagen gekreuzt auf ihrer Brust, sie konnte sie nicht bewegen. Sie vermochte überhaupt keinen einzigen Teil ihres Körpers zu bewegen, und sprechen konnte sie auch nicht, aber sie hörte und sie fühlte. Während Rose Rita so dalag, landete eine Fliege auf ihrer Stirn – zumindest fühlte es sich wie eine Fliege an –, und die marschierte bis zu ihrer Nasenspitze hinunter, ehe sie wieder wegflog.

Wo war sie nur? Bestimmt in dem kleinen Schlafzimmer über Gertie Biggers Laden. Es hatte den Anschein, als würde sie auf einem Bett liegen mit einer Decke über ihrem Körper. Jedenfalls fühlte es sich schwer an und der Raum war heiß und still. Winzige Schweißrinnsale liefen an ihrem Körper entlang. Warum bloß konnte sie sich nicht bewegen? War sie etwa gelähmt? Dann kehrte mit einem Mal das Entsetzen zurück, das sie verspürt hatte, als sie Gertie Bigger auf dem Bett sitzen sah und diese sie mit ihrem heimtückischen Blick angrinste. Sie musste wohl in diesem Moment in Ohnmacht gefallen sein, denn sie konnte sich an nichts mehr sonst erinnern.

Rose Rita hörte das Klicken eines Schlosses. Eine Tür öffnete sich quietschend. Schwere Fußtritte durchquerten das Zimmer und verharrten neben ihrem Kopf. Ein Stuhl ächzte.

»So, so, so. Und wie geht's dem Fräulein Naseweis? Hmmm? Sprichst du etwa nicht mit mir? Das ist aber nicht nett. Also, eigentlich sollte ich ja diejenige sein dürfen, die hier beleidigt ist. Schließlich bist *du* bei mir eingebrochen und hast alles durchwühlt. Wolltest du etwa herausfinden, ob ich eine Hexe bin? Was das angeht, kann ich dich beruhigen. Ich bin eine.«

Gertie Bigger lachte, und es war ganz und gar nicht das Lachen, das man von einer so großen, stämmigen Frau, wie sie eine war, erwartet hätte. Es war ein schrilles, blechernes Kichern. Rose Rita kam es wie das Lachen einer Verrückten vor.

»Ja, ja, mein Fräääulein«, fuhr Gertie Bigger fort, »es fing alles damit an, dass dieser alte Narr Gunderson eines Abends hier vorbeischaute. Er war nicht mehr ganz richtig im Oberstübchen und begann von diesem Zauberring zu faseln, den er angeblich auf seiner Farm gefunden hatte. Zu Anfang, muss ich sagen, dachte ich, er erzählt bloß Blödsinn, aber später dann habe ich mich gefragt, was wäre, wenn's die Wahrheit ist? Du musst wissen, ich wollte schon immer zaubern können. Ich habe jede Menge darüber gelesen. Und nachdem der alte Oley den Löffel abgegeben hatte, bin ich bei ihm eingebrochen und habe herumgesucht, bis ich das vermaledeite Ding gefunden habe. Es steckt jetzt hier an meinem Finger. Hast du in dem Buch gelesen, was dieser Burchard darüber gesagt hat? Ist alles wahr, Wort für Wort. Warte, ich lese es dir vor.«

Rose Rita hörte sie in einem Buch blättern. »Da ist es ja, genau da, wo ich das Lesezeichen reingelegt habe. Das dürftest du ja entdeckt haben, als du hier herumspioniert hast. Aber manchmal sehen so neugierige Taugenichtse wie du ja nicht, was direkt unter ihrer Nase ist.« Sie kicherte wieder. »Bist du bereit? Jetzt kommt's. ›… Eine Darstellung jüdischer Antiquitäten wäre nicht vollständig ohne die Erwähnung des berühmten Rings des Königs Salomon. Dem großen Historiker Flavius Josephus zufolge besaß König Salomon einen Zauberring, der ihn in die Lage versetzte, viele wundervolle Dinge zu tun. Der Ring verlieh ihm die Kraft, sich mittels Teleportation fortzubewegen, das heißt, unsichtbar von einem Ort zum anderen zu eilen. Er übertrug ihm die Fähigkeit der Hexerei und der Prophezeiung und verlieh ihm die Macht, seine Feinde zu demütigen, indem er sie in niedere Tiere verwandelte. Es heißt, König Salomon habe auf diese Weise den König der Hethiter besiegt, als er ihn in einen Ochsen verwandelte. Der Ring gab Salomon auch die Macht, seine eigene Form nach Gutdünken zu verändern – es steht geschrieben, dass er sich am liebsten in einen kleinen, schwarzen Hund verwandelte. In dieser Form streifte er umher, spionierte seine Feinde aus und kam hinter vielerlei Geheimnisse. Doch die größte Macht des Rings war von einer Art, wie sie sich Salomon, der weiseste aller Männer, nie zunutze gemacht hat. Der Ring vermochte dem Träger ein langes Leben und große Schönheit zu verleihen. Um in den Besitz dieses Geschenks zu gelangen, war der Träger allerdings gezwungen, den Dämon Asmodai anzurufen. Möglicherweise hat sich Salomon aus diesem Grunde geweigert, diese besondere Macht des Rings auszuüben. Denn es steht geschrieben, der, der sich mit dem Teufel einlässt …‹«

Sie knallte das Buch zu. »Genug gehört, Reverend«, brummelte Gertie Bigger. »So, jetzt weißt du's, Fräulein Naseweis. Ist das nicht interessant? Aber ich werde dir was noch Interessanteres erzählen. Du bist genau zum richtigen Zeitpunkt hier aufgetaucht, o ja, das bist du. Ich wollte schon was mit dir anstellen, als du unten in meinem Hinterzimmer herumspioniert hast, aber später dann habe ich mir gesagt: ›Keine Sorge, die kommt wieder!‹ Und du bist wiedergekommen, o ja, das bist du, das bist du!« Gertie Bigger stieß ein schrilles Gelächter aus. »Ich hab das Vorhängeschloss von der Kellertür abgemacht und du bist mir direkt in die Falle gegangen, du kleine Närrin, du. Ha, du wirst schon sehen, wie es ist, wenn man sich mit einer Hexe einlässt. Florence durfte diese Erfahrung auch machen und mit der bin ich noch längst nicht fertig.« Sie verstummte einen Moment und gab ein unangenehmes, spuckendes Geräusch von sich. »Pah! Oh, ich wusste nur zu gut, was sie im Schilde führte, als sie hier auftauchte und mir weismachen wollte, sie brauche nichts weiter als Benzin! Ich kenne sie und ihr ganzes Zauberbohei, weiß von ihrem Universitätsabschluss und all dem Plunder, und ich habe mir gesagt: ›Die ist hinter dem Ring her!‹ Ich hab mir echte Sorgen gemacht, denn ich hatte da ja noch keine Ahnung, wie man mit dem Ring umgeht. Ich konnte nicht mehr als diesen Verwandlungstrick mit dem schwarzen Hund. Tja, aber nachdem ihr dann Richtung Norden seid, habe ich's gelernt. Ich habe nicht nur diese Fotografie da raufgeschickt, ich war auch diejenige, die du in Florence' Zimmer gesehen hast. Und für ein paar Sekunden war ich auf dem Rücksitz in eurem Auto. Hab dich damit zu Tode erschreckt, stimmt's?« Sie lachte wieder schrill, ehe sie mit grimmigerer Stimme fortfuhr: »Aber Bier ist Bier und Schnaps ist Schnaps. Meinen Spaß habe ich gehabt, und jetzt habe ich keine Lust mehr, weiter rumzuspielen. Ich habe Florence und werde sie mir vorknöpfen. Die wird mir den Ring nicht abnehmen. Niemals!«

»Natürlich«, fügte sie hinzu, »hege ich da noch einen ganz persönlichen Groll gegen sie, schließlich hat sie mir mein Leben versaubeutelt! Wenn ich und Mordy geheiratet hätten, wäre mein Leben besser verlaufen. Der alte Narr, den ich genommen habe, der hat mich immer verprügelt. Du hast ja keine Ahnung, wie das ist. Keine Ahnung!« Gertie Biggers Stimme versagte. Ob sie weinte? Rose Rita vermochte es nicht zu sagen.

Doch die alte Hexe schwafelte immer weiter. Sie erklärte Rose Rita, dass sie sie mit einem Todeszauber belegt habe. Sobald die Dämmerung kam, würde sie sterben. Man würde ihre Leiche hier finden, inmitten von Gertie Biggers Zauberbrimborium. Aber Gertie Bigger wäre dann bereits fort. Es sollte keine Gertie Bigger mehr geben, denn die hätte sich in der Zwischenzeit in eine junge, wunderschöne Frau verwandelt. Sie hatte alles geplant: Sie beabsichtigte fortzugehen und einen anderen Namen anzunehmen. Sie hatte ihr ganzes Geld vom Konto abgehoben – es befand sich unten im Safe. Mit einem neuen Namen und einem neuen Leben würden all die schlimmen Dinge, die ihr zugestoßen waren, wieder gutgemacht. Doch bevor sie fortging, wollte sie noch ihre ausstehenden Rechnungen bei Florence Zimmermann begleichen.

Nachdem sie geendet hatte, verließ Gertie Bigger das Zimmer und schloss die Tür ab. Rose Rita starrte hilflos in die Dunkelheit, die sie umgab. Sie dachte an Aggie. Aggie war ihre einzige Hoffnung. Rose Rita hatte keine Vorstellung davon, wie viel Zeit verstrichen war, seit sie Aggie dort draußen vor der Kellertür zurückgelassen hatte. Hoffentlich hatte Gertie Bigger Aggie nicht zu fassen gekriegt! Rose Rita sandte ein Gebet zum Himmel, auch wenn ihr Mund verschlossen blieb und kein Laut daraus hervordrang. Lieber Gott, bitte hilf Aggie, mich zu finden. Mach, dass sie Hilfe holt, bevor's zu spät ist. Bitte, lieber Gott …

Ziemlich viel Zeit verging. Zumindest kam es Rose Rita so vor, auch wenn sie keine Möglichkeit hatte, abzuschätzen, wie lange sie schon in dem Zimmer eingesperrt war. Ihre Uhr tickte noch immer an ihrem Handgelenk, aber das nützte Rose Rita nichts. Woher sollte sie wissen, wann die Dämmerung kam? Sie würde es erst erfahren, wenn sie tot war. Tick-tick-tick-tick. Rose Rita spürte, wie ihr Körper taub wurde. Sie fühlte ihre Hände auf ihrer Brust nicht mehr. Mit einem Male überfiel sie eine Schreckensvision. Sie sah ihren Kopf, abgetrennt vom Körper, auf einem Kissen daliegen. Es war ein solch fürchterlicher Gedanke, dass sie versuchte, ihn wieder abzuschütteln, doch er kehrte hartnäckig immer wieder zurück. Bitte, lieber Gott, schick mir Aggie, schick mir irgendjemanden. Tick-tick-ticktick …

Rrrriiiing! *Rrrriiiing!* Eine Türglocke läutete. Sie läutete mehrere Male, und dann vernahm Rose Rita das gedämpfte Geklingel der kleinen Glocke, die über der Ladentür hing. Danach hörte sie nichts mehr – und falls sich Leute unterhielten, so drang es nicht bis zu ihr hinauf. Stille. Wieder verging Zeit. Dann ging die Zimmertür auf und wieder ächzte der Stuhl, als sich jemand Schweres setzte.

»Mein lieber Scholli, es gibt Leute, die gibt's gar nicht!«, erklärte Gertie Bigger. »Was glaubst du, mit wem ich gerade geredet habe? Rate mal. Gibst du auf? Mit Mrs. Sipes, die unten an der Straße wohnt. Mit ihr und ihrer Tochter ... Aggie heißt sie, glaube ich. Die waren ganz außer sich, weil Aggie behauptet hat, ich hätte dich entführt. Stell dir das bloß mal vor!« Gertie Bigger kicherte. »Die hatten sogar einen richtigen Gesetzeshüter bei sich, der hier alles durchsuchen wollte. Aber nicht mit mir! Ich kenne meine Rechte! Der hatte keinen Durchsuchungsbefehl und das habe ich ihm auch gesagt. Ich habe ihm gesagt, ich kenne meine Rechte, und Sie können nicht reinkommen, und nein, ich weiß nichts von einem kleinen Mädchen! Und das war's! Stell dir doch bloß mal vor, was die für Nerven haben, einfach so hier reinzuschneien!« Gertie Bigger lachte wieder. Die winzige Flamme der Hoffnung, die in Rose Rita entfacht worden war, verlöschte. Sie würde sterben und niemand konnte etwas dagegen unternehmen.

Gertie Bigger verließ wieder das Zimmer. Hin und wieder drangen leise Geräusche an Rose Ritas Ohr, aber sie vermochte nicht zu sagen, woher sie stammten. Schließlich öffnete sich die Tür erneut quietschend, und sie hörte, wie Gertie Bigger im Zimmer herumlief. Sie summte vor sich hin und mehrmals wurden offenbar Schubladen geöffnet und zugeschoben. Sie packte ihre Sachen, machte sich bereit zu verschwinden. Nach einer, wie es Rose Rita vorkam, sehr langen Zeit, vernahm sie das Zuschnappen von Kofferverschlüssen. Gertie Bigger kam zu ihrem Stuhl am Kopfende des Bett hinüber und nahm noch einmal Platz.

»Na, wie geht's? Hmm? Spürst du schon was? Dieser Zauber legt sich ganz langsam über einen, habe ich gehört. Aber es wird ja bis zur Dämmerung dauern und die ist noch eine ganze Weile weg. Also schön. Ich wäre dann fertig und werde mich mal auf die Socken machen. Ich habe mich noch nicht um Florence gekümmert, aber das werde ich auf dem Weg nach draußen tun. Ich will, dass sie sieht, wie ich nach meiner Verwandlung aussehe. Und weißt du was? Du bist so nett und ruhig gewesen, dafür lass ich dich bei meiner kleinen Vorstellung zusehen. Na ja, he, he, natürlich mache ich bloß ein bisschen Spaß, weil, ich kann dich ja gar nicht richtig zusehen lassen! Dann müsste ich dir ja diese Dinger von den Augen nehmen, und das würde den Zauber brechen, und das dürfen wir natürlich nicht zulassen, nicht wahr? O nein, mein Fräulein. Aber ich sage dir was. Ich werde hier auf diesem Stuhl sitzen bleiben und den alten Asmodai heraufbeschwören, und du kannst seine Stimme hören. Was hältst du davon? Dann lass mal sehen, was muss ich da tun? O ja …«

Gertie Bigger klatschte dreimal in die Hände und sagte mit lauter Kommandostimme: »Schick Asmodai zu mir! Sofort!«

Zuerst geschah gar nichts. Dann begann Rose Rita die Gegenwart einer bösen Macht zu spüren. Das Gefühl kehrte wieder in ihren Körper zurück. Sie hatte eine Gänsehaut und ihr war kalt. Die Luft wurde stickig und es fiel ihr schwer zu atmen. Aus der Dunkelheit ertönte eine raue, flüsternde Stimme.

»Wer wagt es, Asmodai zu stören?«

»Ich tue es. Ich trage den Ring des Königs Salomon und will verwandelt werden. Ich will jung und schön sein und möchte tausend Jahre leben.« Rasch fügte Gertie noch hinzu: »Aber ich will nie alt werden. Ich will die ganze Zeit jung bleiben.«

»So sei es«, erwiderte die flüsternde Stimme.

Sobald die flüsternde Stimme geendet hatte, vernahm Rose Rita ein kleines Geräusch. Es klang so, als ließe jemand eine Vierteldollarmünze zu Boden fallen. Dann erhob sich mit einem Mal ein Brausen wie ein mächtiger Wind, der durch das Zimmer stürmte und das ganze Gebäude zum Beben brachte. Rose Rita hörte klirrende und klappernde Geräusche. Das Bett erzitterte und was auch immer auf ihren Augen gelegen haben mochte, rutschte herunter. Rose Rita setzte sich auf und schüttelte benommen den Kopf. Wo war bloß ihre Brille? Was hatte Gertie Bigger damit angestellt? Sie tastete auf dem Nachttisch herum. Gott sei Dank, da lag sie. Nachdem sie sie aufgesetzt hatte, schaute sie sich suchend im Zimmer um. Gertie Bigger war verschwunden. Rose Rita hatte sie nicht hinausgehen hören und der Schlüssel steckte immer noch von innen. Auf dem Bett neben sich entdeckte Rose Rita zwei Silberdollar. Die hatten vermutlich auf ihren Augen gelegen. Und sie stellte fest, dass sie unter einer schweren, schwarzen Wolldecke lag. Sie war mit einem weißen Band eingefasst und trug die Abbildung eines großen, weißen Kreuzes. Rose Rita wusste, worum es sich handelte. Sie hatte einmal an einer Beerdigung in der katholischen Kirche von New Zebedee teilgenommen, wo auf dem Sarg genau solch eine Decke wie diese hier gelegen hatte. Sie erschauderte, schob das Ding beiseite und setzte sich auf die Bettkante.

Rose Rita fühlte sich krank. Es kam ihr gerade so vor, als hätte sie zwei Wochen mit Grippe im Bett gelegen. Sie versuchte aufzustehen, musste sich aber sofort wieder hinsetzen. Schweiß rann ihr übers Gesicht. Was mochte wohl mit Mrs. Bigger geschehen sein? Bestimmt war ihr Wunsch in Erfüllung gegangen und sie befand sich nun in Hollywood und ließ mit

Lana Turner und Esther Williams dort die Puppen tanzen. Rose Rita scherte sich einen feuchten Kehricht darum. Ihr war furchtbar schwindelig und dieses Zittern wollte einfach nicht aufhören. Ihr Kopf war wie benebelt. Mit großer Willensanstrengung gelang es ihr schließlich, sich dazu zu zwingen, erneut aufzustehen. Da fiel ihr plötzlich etwas ein. Dieses Geräusch, das wie eine Münze geklungen hatte, die zu Boden fiel, was mochte es wohl gewesen sein? Rose Rita ließ sich auf Hände und Füße herab und spähte unter das Bett. Im selben Moment vernahm sie von unten ein fürchterliches Hämmern und Pochen. Die Türglocke läutete ungefähr acht Mal und eine gedämpfte Stimme schrie: »Öffnen Sie! Im Namen des Gesetzes, öffnen Sie!« Sie waren wieder da! Aggie und ihre Mutter und die Polizei! Rose Rita blickte zur Tür hinüber. Sie überlegte, ob Mrs. Bigger möglicherweise den Ring zurückgelassen hatte. Wäre es nicht ganz großartig, nach unten zu laufen und Aggie mit dem Ring des Königs Salomon in der Hand empfangen zu können? Rose Rita beugte sich vor und tastete den Boden unter dem Bett ab. Da war er ja! Sie streckte sich und erwischte den Ring, zog ihn hervor und umschloss ihn mit der Faust.

Und im selben Moment geschah etwas Eigenartiges. Ein Schauer rann durch Rose Ritas Körper und sie fühlte sich ... nun ja, *seltsam*. Sie fühlte sich stolz und verbittert und sehr wütend – wütend auf die Leute, die gekommen waren, um sie in ihr altes Leben zurückzuzerren.

»Na schön, Mrs. Bigger«, dröhnte die Stimme. »Ich zähle jetzt bis zehn, dann werden wir die Tür aufbrechen! Eins ...«

Rose Rita stand auf und starrte wütend zur Tür hinüber. Ihr Gesicht trug einen so hasserfüllten Ausdruck, dass sie kaum mehr als die alte Rose Rita zu erkennen war. Ein wildes Licht flackerte in ihren Augen. Sie kamen also, um sie zu holen! Tja, da mussten sie sie aber erst einmal kriegen. Sie eilte zur Tür und schloss sie auf. Mit dem Ring in der Faust sprang sie in den Flur hinaus. Am Ende des Flurs befand sich eine halb offen stehende Tür, hinter der eine Treppe nach unten führte. Das war nicht die Treppe, über die sie heraufgekommen war, sondern eine andere, eine, die zur Rückseite des Hauses führte. Rose Rita rannte darauf zu.

»Sechs … sieben …«

Sie polterte die Stufen hinunter. Unten am Fuß der Treppe war eine Tür mit einem Nachtschloss und einer Kette. Ohne den Ring auch nur für eine Sekunde aus der Hand zu geben, bemühte sich Rose Rita hastig, Schlösser, Ketten und Riegel zu öffnen.

»Zehn!« Es gab ein lautes Krachen und ein Durcheinander von erhobenen Stimmen. Mittendrin hörte Rose Rita, wie Aggie rief: »Rose Rita! Alles in Ordnung bei dir?« Rose Rita zögerte. Sie blickte sich unschlüssig um. Doch dann verhärtete sich ihr Gesicht und sie umfasste den Ring fester. Rose Rita drehte sich um und rannte. Sie rannte hinaus, am Geräteschuppen und der Wäscheleine vorbei, auf die dunklen Bäume zu, die Gertie Biggers Garten begrenzten. Die Schatten der Kiefern schienen sich nach ihr auszustrecken und sie verschlingen zu wollen.

XII. KAPITEL

Rose Rita rannte durch den Wald. Ihre Füße patschten über den Boden. Sie hetzte einen gewundenen Pfad entlang, der mit braunen Kiefernnadeln bedeckt war, einen Pfad, der sich tiefer und tiefer in die Wälder hineinwand. Hin und wieder stürzte sie oder schrammte sich die Schienbeine an einem Baumstumpf, aber sie rappelte sich jedes Mal wieder auf und lief weiter. Schneller und schneller eilte sie dahin. Zweige peitschten ihr über das Gesicht und die Arme und hinterließen flammendrote Striemen, aber der Schmerz ließ sie bloß noch schneller laufen. Während sie so weiterhetzte, schossen ihr die Gedanken in einem wilden Durcheinander durch den Kopf. Rose Rita sah plötzlich Bilder vor sich, die so klar und deutlich waren, als hätte sie jemand in die Luft gemalt. Sie sah den Jungen mit dem Bürstenschnitt, der geschrien hatte: »Ich halte dich für ein ziemlich komisches Mädchen, ein echt komisches Mädchen!« Sie sah die Mädchen, die bei der samstäglichen Tanzveranstaltung an der Seite gestanden hatten. Sie sah das schwarze, gefängnisähnliche Gebäude der Mittelschule, die sie im nächsten Herbst besuchen würde. Sie sah Mädchen in Rüschenkleidern, Mädchen, die Nylonstrümpfe trugen und Lippenstift und

Wimperntusche und die sie fragten: »Was ist denn los mit dir? Hast du denn keine Lust, dich mit einem Jungen zu verabreden? Das macht doch solchen Spaß!«

Während Rose Rita weiterrannte, glaubte sie zu hören, wie jemand ihren Namen rief. Die Stimme war schwach und weit weg, aber sie war sich ziemlich sicher, sie schon einmal gehört zu haben. Nein, nein, keuchte Rose Rita. Ihr kriegt mich nicht. Mir reicht's, mir reicht's, ich werde bekommen, was ich will …

Immer weiter und weiter lief Rose Rita, kreuz und quer durch den dunklen Kiefernwald. Sie verließ den Pfad und schlitterte einen steilen Abhang hinunter, der mit Kiefernnadeln bedeckt war. Unten angekommen versicherte sie sich benommen und schwindelig, ob sie den Ring noch bei sich trug. Da war er, sicher in ihrer Faust. Rose Rita öffnete die Faust und warf einen Blick auf den Ring. Dann umschloss sie ihn wieder fest, rappelte sich auf und rannte weiter. Irgendetwas in ihrem Kopf trieb sie weiter, etwas Unnachgiebiges und Mechanisches. Weiter, weiter, trieb es sie an. Mach nur weiter, immer weiter, weiter, weiter, weiter …

Rose Rita platschte durch einen schmalen, seichten Bach und versuchte, auf der anderen Seite ein steiles Ufer hinaufzuklettern. Aber die Böschung stieg steil an, und es ist ziemlich schwierig, mit einer zur Faust geballten Hand zu klettern. Rose Rita verharrte keuchend auf halber Höhe. Warum steckte sie sich den Ring eigentlich nicht an? Sie öffnete die Faust und starrte auf das kleine, schwere Ding. Der Ring war groß – er würde ihr vom Finger rutschen. Sollte sie ihn besser in die Hosentasche stecken? Nein, da könnte ein Loch drin sein. Welch furchtbarer Gedanke, den Ring zu verlieren! Rose Rita schloss die Hand erneut zur Faust. Dann musste sie einhändig weiterklettern. Hier und da fanden sich Wurzeln, die sie wie die Sprossen einer Leiter benutzen konnte. Immer weiter hinauf stieg sie. Oben angekommen, blieb sie für einen Moment stehen, um Atem zu schöpfen.

»Rose Rita! Rose Rita! Bleib stehen!«

Rose Rita wirbelte herum. Wer war das? Sie kannte diese Stimme. Rose Rita sandte einen wütenden Blick über den Bach zurück. In ihren Augen glühte nun ein wilder, irrsinniger Zorn. »Komm doch und hol mich!«, knurrte sie. Dann drehte sie sich um und rannte wieder los.

Immer tiefer in den Wald hinein rannte Rose Rita. Aber ihre Beine begannen langsam müde zu werden. Sie fühlten sich wie Gummi an. Gertie Biggers Zauber hatte sie wie eine lange Krankheit geschwächt. Rose Rita bekam Seitenstechen. Sie war klatschnass geschwitzt und ihre Brille beschlug ständig. Rose Rita wäre nur zu gern stehen geblieben, doch irgendetwas in ihr wollte dies einfach nicht zulassen. Es zwang sie weiter und weiter, bis sie schließlich auf eine kleine Lichtung taumelte. Rose Rita fiel auf die Knie und blickte sich um. Wo war sie nur? Was hatte sie hier zu schaffen? O ja, sie wollte doch … sie wollte … Die Welt um sie herum begann sich zu drehen. Dunkle Bäume, der sternenerleuchtete Himmel, das graue Gras flitzten an ihr vorbei wie Dinge, die man aus dem Fenster eines schnell dahinrasenden Autos sieht. Rose Rita fiel auf den Rücken und verlor das Bewusstsein.

Das Erste, was sie wahrnahm, als sie einige Zeit später wieder zu sich kam, war ein kleiner, kalter, blasser Mond, der auf sie herabschien. Sie setzte sich auf und schüttelte den Kopf. Um sie herum standen überall dunkle Bäume, ein Schattenring, der ihr jegliche Fluchtmöglichkeit nahm. Aber sie wollte doch auch gar nicht flüchten, oder etwa doch? Nein. Sie war hierher gekommen, um etwas Bestimmtes zu tun, aber sie konnte sich für alles Geld der Welt nicht daran erinnern, was es war. Rose Rita verspürte einen Schmerz in ihrer linken Hand. Langsam, ganz langsam öffnete sie ihre steifen, verkrampften Finger. Auf ihrer Handfläche lag ein großer, lädierter Ring. Sie hatte ihn so lange und so fest gehalten, dass er ihr einen tiefen, roten Striemen in die Haut gedrückt hatte.

Rose Rita zuckte zusammen vor Schmerz. Dann drehte sie den Ring um. Er schien aus Gold zu sein. Und es war ein Siegelring. In die flache Oberfläche war ein Muster eingeritzt. Ein Gesicht. Ein starr blickendes Gesicht mit leeren Augäpfeln und einem Mund, der zu einem kalten, bösen Grinsen verzerrt war. Rose Rita war fasziniert von diesem Gesicht. Es erschien ihr so lebensecht. Sie rechnete beinahe damit, dass sich die Lippen öffnen und eine Stimme zu ihr sprechen würde.

Und dann fiel ihr wieder ein, warum sie hier war.

Sie erhob sich schwankend und steckte sich den Ring an den Mittelfinger ihrer linken Hand. Rose Rita hielt ihn fest, damit er nicht herunterrutschte. Dann schrie sie erstaunt auf. Der Ring begann zu schrumpfen, bis er perfekt an ihren Finger passte! Aber Rose Rita hatte gar keine Zeit, weiter darüber nachzudenken. Da war eine Stimme in ihrem Kopf, die ihr sagte, was sie zu tun hatte. Sie klatschte dreimal in die Hände und sagte so laut wie nur eben möglich: »Ich … ich rufe As … Asmodai! Komm zu mir! Sofort!«

Ein Schatten fiel auf das sternenerleuchtete Gras. Und Rose Rita vernahm die harte, flüsternde Stimme, die sie zum ersten Mal in Gertie Biggers Zimmer gehört hatte.

»Asmodai werde ich genannt. Was begehrest du?«

Rose Rita erschauerte. Ihr war kalt und sie hatte Angst und sie fühlte sich furchtbar allein. Am liebsten hätte sie sich den Ring vom Finger gerissen und ihn weggeworfen. Aber das konnte sie nicht. Eine beharrliche, wütende Stimme, ihre eigene Stimme in ihrem Kopf, sprach auf sie ein und sagte ihr, was sie tun sollte. Sie sagte ihr, dass sie sich verwandeln müsse, dass sie all ihre Probleme jetzt auf einen Schlag lösen könne, wenn sie nur den Mut dazu aufbrächte. Sie sagte ihr außerdem, dass ihr nur diese eine Chance bliebe und sie keine andere mehr bekommen würde.

Die flüsternde Stimme sprach wieder. Sie klang ein wenig ungeduldig. »Asmodai werde ich genannt. Was begehrest du? Du hast die Macht über den Ring des Salomon. Was begehrest du?«

»Ich … ich will … also, ich wünsche Folgendes … ich …«

»Rose Rita, hör sofort damit auf! Hör auf und sieh mich an!«

Rose Rita drehte sich um. Dort am Rande der Lichtung stand Mrs. Zimmermann. In den tiefen Falten ihres Kleids schienen orangefarbene Flammen zu lodern und ihr unscheinbares, faltiges Gesicht war wie von einem unsichtbaren Scheinwerfer angestrahlt. Ein purpurfarbener Heiligenschein schien über ihr zu schweben und sein Licht fiel auf das graue Gras.

»Hör auf, Rose Rita! Lass ab von dem, was du da tust, und hör auf mich!«

Rose Rita zögerte. Sie nahm den Ring zwischen Daumen und Zeigefinger und begann, ihn langsam vom Finger zu ziehen. Er saß zwar sehr eng, ließ sich aber bewegen. Nun wurde die Stimme in Rose Ritas Kopf immer lauter. Sie riet ihr, nicht auf Mrs. Zimmermann zu hören. Sie erklärte ihr, dass sie das Recht habe, glücklich zu sein und das zu tun, wonach ihr der Sinn stand.

Rose Rita schluckte schwer und leckte sich über die Lippen. Sie wandte sich an den Schatten, der ganz in ihrer Nähe lauernd abwartete. »Ich … ich wünsche mir so sehr …«

Wieder sprach Mrs. Zimmermann mit lauter, hallender Kommandostimme, die die ganze Lichtung zu erfüllen schien. »Ich befehle dir, mir diesen Ring zu geben, Rose Rita! Gib ihn mir. Sofort!«

Rose Rita stand zögernd da. Ihre Augen waren geweitet vor Furcht. Dann drehte sie sich wie ein Schlafwandler um und schritt auf Mrs. Zimmermann zu. Dabei begann sie, den Ring von ihrem Finger herunterzudrehen. Das war gar nicht so einfach und tat auch weh, aber schließlich rutschte er über den Knöchel. Nun, da er herunten war, lag er auf der ausgestreckten Handfläche ihrer rechten Hand. Mrs. Zimmermann griff danach und nahm ihn an sich. Sie betrachtete ihn mit einem verächtlichen Blick und steckte ihn in die Tasche ihres Kleides. Der Heiligenschein verblasste und das Scheinwerferlicht erlosch. Die Falten von Mrs. Zimmermanns Kleid waren nun nichts weiter als schwarze Kniffe.

»Hallöchen, Rose Rita«, sagte Mrs. Zimmermann lächelnd. »Lange nicht gesehen.«

Rose Rita blickte sich unruhig um, doch der Schatten war verschwunden. Sie ließ sich in Mrs. Zimmermanns Arme sinken und begann zu schluchzen. Sie zitterte wie Espenlaub, und während sie so weinte, hatte sie das Gefühl, als entweiche etwas Giftiges und Verfaultes aus ihrem Körper. Als sie sich ausgeweint hatte, trat Rose Rita einen Schritt zurück und musterte

Mrs. Zimmermann. Deren Gesicht war blass und ab-
gespannt, aber die Augen blitzten fröhlich. Sie schien
wieder ganz die Alte zu sein.

»Was … was ist Ihnen denn bloß zugestoßen, Mrs.
Zimmermann?«, stieß Rose Rita hervor.

Mrs. Zimmermann lachte leise. »Dieselbe Frage
könnte ich dir stellen, Liebes. Hattest du übrigens gerade Angst vor mir, als ich so mir nichts, dir nichts auftauchte?«

»Und wie! Ich hatte Angst, Sie würden Ihren Zauberstab schwingen und … he, mal langsam!« Plötzlich
erinnerte sich Rose Rita wieder. Mrs. Zimmermanns
Zauberstab war doch kaputtgegangen und sie hatte
sich keinen neuen gemacht. Als Hexe war sie doch so
gut wie machtlos. Aber wie kam es dann …?

Mrs. Zimmermann sah, was in Rose Rita vorging.
Sie lachte wieder. Es war ein angenehmer Klang und
glich in keiner Weise Gertie Biggers verrücktem Ge-
kicher. »Rose Rita«, sagte sie glucksend, »du bist ver-
schaukelt worden. Ich habe dich ausgetrickst. Ich
kann immer noch ganz schön einen auf Furcht ein-
flößend machen mit Scheinwerferlicht und Heiligenschein und dem ganzen Brimborium, aber wenn du
dich entschieden hättest, die Worte auszusprechen,
hätte ich nichts dagegen tun können. Nicht das Ge-
ringste, o nein.«

Rose Rita starrte zu Boden. »Ich bin froh, dass Sie
mich ausgetrickst haben, Mrs. Zimmermann. Beinahe
hätte ich was ganz Schreckliches getan. Aber … aber
was ist denn nun Ihnen zugestoßen? In jener Nacht,
meine ich. Wo sind Sie denn gerade hergekommen?«

»Aus dem Hühnerstall«, erwiderte Mrs. Zimmermann und verzog das Gesicht. »Ich dachte, das hättest
du dir inzwischen zusammengereimt.«

Rita klappte der Mund auf. »W-wollen Sie damit etwa … soll das etwa heißen, dass Sie …?«

Mrs. Zimmermann nickte. »Du hast es erfasst. Und ich werde wohl mein Lebtag nie wieder einen Teller Hühnchensalat runterkriegen! Das hat Gertie mir mit dem Ring eingebrockt. Aber um mich wieder in meine alte Form zurückzuverwandeln, muss irgendetwas mit ihr selbst passiert sein. Hast du eine Ahnung, was das gewesen sein könnte?«

Nun war Rose Rita vollends verwirrt. »Aber … aber ich dachte, dass Sie vielleicht einen Weg gefunden hätten, den Bann zu brechen, mit dem sie Sie verzaubert hatte.«

Mrs. Zimmermann schüttelte den Kopf. »Nein, mein Lämmchen. Selbst in jenen Tagen, als ich noch meinen Zauberstab hatte, wäre ich nie in der Lage gewesen, jemanden zu besiegen, der im Besitz eines solchen Rings ist. Nein, Rose Rita. Alles, was ich weiß, ist, dass ich in der einen Minute noch hinter dem Zaun herumgackerte und mein, äh, Hühnerdasein fristete und in der nächsten wieder ganz die Alte war und als die Mrs. Zimmermann dastand, die du kennst. Irgendwas muss geschehen sein. Vielleicht kannst du mir sagen, was es war.«

Rose Rita kratzte sich am Kopf. »Ich will's versuchen, Mrs. Zimmermann. Also, Mrs. Bigger wollte mich mit irgendeinem Zauber um die Ecke bringen, aber mittendrin ist sie einfach verschwunden. Sie wollte den Ring benutzen, um diesen Kerl zu rufen, diesen … diesen …« Es war seltsam, aber nun, da sie den Ring nicht mehr am Finger trug, konnte sich Rose Rita einfach nicht mehr an den Namen dieses Teufels erinnern, den Mrs. Bigger da heraufbeschworen hatte.

»Asmodai?«, half ihr Mrs. Zimmermann weiter.

»Mannometer, das ist er. Woher wussten Sie das?«

»Ich hab doch meinen Doktor der Zauberkünste an der Universität von Göttingen nicht umsonst gemacht! Fahr nur fort.«

»Tja, sie hat also diesen Kerl, diesen Dingsbums, gerufen und ihm erklärt, sie wolle jung und schön sein und für … für, ich glaube, tausend Jahre oder so leben. Jedenfalls ist sie dann verschwunden und ich denke, die Zauberei muss funktioniert haben. Aber ich schätze, sie hat sich wohl nicht überlegt, dass es bei dieser Ruck-Zuck-Verwandlung auch ein Erdbeben geben würde. Die Münzen sind von meinen Augen runtergerutscht und ich konnte mich befreien.«

»Da hast du ja noch mal Glück gehabt«, erwiderte Mrs. Zimmermann. »Ich wette, die alte Gertie hatte mit so was nicht gerechnet. Und es gab vermutlich noch die eine oder andere Sache, die sie auch nicht so geplant hatte.«

»Ja? Was meinen Sie denn damit?«

»So genau weiß ich das selbst noch nicht. Aber ich finde, wir sollten jetzt zum Laden zurückgehen. Als ich aus dem Hühnerstall ausgebüxt bin, schien da drin ein ziemlicher Krawall vonstatten zu gehen. Es klang ganz so, als würde alles auf den Kopf gestellt. Aber ich dachte mir, dass du mich in dem Moment bestimmt dringender nötig hast. Ich hab nämlich noch einen kurzen Blick auf dich erhaschen können, als du Richtung Wald verduftet bist. Ich bin eine alte Frau und kann nicht besonders schnell rennen, deshalb hattest du einen ganz schönen Vorsprung. Aber ich hatte keine Mühe, dir zu folgen, weil du eine ziemlich gute Spur im Unterholz hinterlassen hast. Und im Übrigen war ich in der guten alten Zeit mal Gruppenführerin bei den Pfadfindern. Also los, gehen wir.«

Rose Rita und Mrs. Zimmermann fanden ohne Schwierigkeiten den Weg zurück zum Laden. Sie folgten einfach der Spur aus zertrampeltem Gras, abgebrochenen Zweigen und lehmigen Fußspuren bis zu dem kleinen Pfad – und von dort aus war es dann ganz leicht.

Später, als die beiden flott auf dem mit Nadeln bedeckten Weg dahinmarschierten, blieb Mrs. Zimmermann auf einmal abrupt stehen und sagte: »Sieh nur!« Sie deutete nach links, wo Rose Rita lediglich eine junge, schlanke Weide entdecken konnte. Sie stand ganz allein inmitten hoher Kiefern.

»Was gibt's denn da zu sehen?«, erkundigte sich Rose Rita verwirrt.

»Diese Weide da.«

»Ach so. Aber das ist doch nichts weiter als ein Baum. Was ist denn schon Besonderes dabei?«

»Was Besonderes dabei ist? Tja, nun, zum einen sieht man Weiden normalerweise nicht mutterseelenallein mitten in einem Kiefernwald. Sie wachsen eigentlich in Weidenhainen, an den Ufern von Flüssen und Seen und Bächen. Und zum anderen stimmt was nicht mit ihr. Die Blätter zittern. Spürst du etwa Wind?«

»Nö. Stimmt. Das ist ja wirklich komisch. Ob's vielleicht da drüben windig ist und bloß hier nicht?«

Mrs. Zimmermann rieb sich das Kinn. »Sag mal, Rose Rita«, begann sie, »kannst du dich noch an die genauen Worte erinnern, die Mrs. Bigger benutzt hat? Als sie sich verwandelt hat, meine ich.«

Rose Rita dachte einen Augenblick nach. »Puh, nö, glaub nicht. Irgendwas mit jung und schön und langem Leben, wie ich's Ihnen ja schon erzählt habe.«

»Also, dieser Baum da drüben ist jung und er ist

ganz gewiss schön«, erklärte Mrs. Zimmermann ruhig. »Wie lange er leben wird, das vermag ich allerdings wirklich nicht zu sagen.«

Rose Rita betrachtete den Baum interessierter und blickte dann Mrs. Zimmermann an. »Soll das etwa heißen … Sie glauben doch wohl nicht …?«

»Wie ich schon sagte, so genau weiß ich selbst nicht, was ich von der ganzen Sache halten soll. Ich bin mir wirklich nicht sicher. Aber irgendwas muss passiert sein, dass ich mich einfach wieder zurückverwandelt habe. Wenn sich eine Hexe in etwas anderes verwandelt – einen Baum, zum Beispiel –, dann ist sie keine Hexe mehr, und jeder einzelne Zauber, den sie jemals über andere gesprochen hat, wird unwirksam. Aber jetzt los, los, Rose Rita. Wir verschwenden hier unsere Zeit. Wir sollten zusehen, dass wir zurückkommen.«

Es war heller Tag, als Rose Rita und Mrs. Zimmermann aus der Lichtung hinter Gertie Biggers Laden traten. Sie gingen um das Gebäude herum, zum Vordereingang, und standen plötzlich Aggie Sipes und ihrer Mutter gegenüber. Die beobachteten die beiden Polizisten, die wiederum einige Dinge anstarrten, die vorne auf den Stufen der Eingangstreppe lagen. Es war eine ziemlich seltsame Sammlung, die sie dort zusammengetragen hatten: ein Sargtuch, ein großes Holzkreuz, einige braune Bienenwachskerzen, ein angelaufenes Räuchergefäß aus Silber, ein vergoldeter Weihrauchbehälter und ein Sprengwedel. Außerdem lag dort noch ein großer Haufen Bücher. Darunter befand sich das Buch, das Rose Rita auf Gertie Biggers Nachttisch gefunden hatte.

Als Aggie Rose Rita um die Ecke des Ladens biegen

sah, stieß sie einen spitzen Schrei aus und rannte auf sie zu.

»Rose Rita, es geht dir gut! Mannomann, ich dachte schon, du wärst tot! Mein Gott, bin ich froh! Hurraaa! Juhu!« Aggie umarmte Rose Rita und sprang vor Freude auf und ab. Mrs. Sipes kam ebenfalls herüber und strahlte über das ganze Gesicht.

»Sind Sie Mrs. Zimmermann?«, erkundigte sie sich.

»Das bin ich«, entgegnete diese. Die beiden Frauen schüttelten einander die Hand.

Die Polizisten traten auf sie zu. Sie machten einen misstrauischen Eindruck, wie das die Hüter des Gesetzes oft tun. Einer von ihnen hielt einen Notizblock und einen Stift in der Hand.

»Also schön«, sagte er schroff. »Sind Sie Mrs. Zigfield, die vermisst wird?«

»Nun, ich denke schon. Allerdings ist mein Name Zimmermann. Bitte entschuldigen Sie meinen Aufzug, aber ich habe einiges durchgemacht.« Mrs. Zimmermann erweckte in der Tat den Eindruck, als habe sie die beiden letzten Nächte irgendwo in den Wäldern verbracht. Ihr Kleid war an einigen Stellen zerrissen und mit Kletten übersät. Ihre Schuhe waren durchnässt und voller Lehm und ihr Haar ein einziges Durcheinander. Überall auf ihren Händen und im Gesicht hatte sie Kiefernpech.

»O ja«, fügte Rose Rita hinzu, »Wir … wir …« Mit einem Mal wurde ihr schlagartig bewusst, dass sie diesen Leuten unmöglich erzählen konnte, was passiert war. Zumindest nicht, wenn sie erwartete, dass man ihr Glauben schenkte.

»Wir beide haben ein … äh … ziemliches Abenteuer hinter uns«, mischte sich Mrs. Zimmermann rasch ein. »Sie müssen wissen, ich ging vorgestern Abend hinter der Gunderson-Farm ein wenig spazieren und habe mich im Wald verlaufen. Ich weiß, Sie werden mich jetzt für ziemlich bekloppt halten, weil ich im Regen rausgegangen bin, aber ich gehe nun mal gern im Regen spazieren. Ich liebe es, zuzuhören, wie der Regen auf meinen Schirm tropft – es klingt so behaglich, wie Regen auf einem Zeltdach. Ich hatte gar nicht beabsichtigt, weit zu laufen, aber bevor ich wusste, wie mir geschah, war ich vom Weg abgekommen und hatte mich verirrt. Und um die ganze Sache noch zu verschlimmern, kam dann noch ein heftiger Wind auf und ließ meinen Regenschirm umschlagen, sodass ich ihn wegwerfen musste. Was sehr schade war, denn es war ein sehr hübscher Regenschirm. Aber wie ich bereits sagte, ich hatte mich verlaufen und irrte zwei Tage hilflos umher. Glücklicherweise habe ich an der Universität Botanik studiert und kenne mich ein wenig damit aus, welche Kräuter und Beeren ungiftig und damit zum Verzehr geeignet sind. Daher bin ich bloß ein wenig erschöpft, aber ansonsten putzmunter, denke ich. Es war purer Zufall, dass ich Rose Rita begegnet bin. Sie hat mich wieder in die Zivilisation zurückgeführt. Doch aus ihren Erzählungen muss ich schließen, dass sie selbst ein ziemlich schreckliches Erlebnis hinter sich hat. Wie es scheint, hat die alte Dame, die diesen Laden führt, sie gefesselt und geknebelt und in einen Schrank eingeschlossen. Dann hat sie ihr irgendeine Droge verabreicht, sie in den Wald hinausgebracht und sich selbst überlassen, damit sie dort verhungert. Glücklicherweise hat Rose Rita einen ziemlich guten Orientierungssinn und befand sich gerade auf dem Rückweg, als sie mir begegnete. Und außerdem«, fügte sie hinzu und griff in ihre Tasche, »haben wir das hier draußen im Wald gefunden, und als es hell wurde, half es uns doch sehr, um den Rückweg zu finden.«

Es war Aggies Pfadfindermesser! Das Messer mit dem Kompass im Griff. Mrs. Zimmermann hatte es an der Stelle gefunden, wo Aggie es in Gertie Biggers Garten hatte fallen lassen.

Rose Rita starrte Mrs. Zimmermann voller Bewunderung an. Sie hatte selbst schon in der Vergangenheit die eine oder andere gute Lüge erzählt, aber nie war sie so gut gewesen wie Mrs. Zimmermann eben. Doch dann fiel Rose Rita ein, dass Aggie ja die wahre Geschichte über Mrs. Zimmermanns Verschwinden kannte. Und sie wusste von dem Messer, das sie ja schließlich selbst fallen gelassen hatte. Ob sie wohl alles ausplaudern würde? Rose Rita warf ihr einen nervösen Blick zu und sah zu ihrer Überraschung, dass sich Aggie ganz offensichtlich große Mühe gab, ein Kichern zu unterdrücken. Es war das erste Mal, dass Rose Rita Aggie lachen sah!

Doch Aggie hielt den Mund, und glücklicherweise bekam ihre Mutter den Lachanfall, der sie plagte, gar nicht mit. Der Polizist mit dem Notizblock bemerkte ebenfalls nichts. Er hatte sich jedes Wort aufgeschrieben, das Mrs. Zimmermann von sich gab. »So weit, so gut«, sagte er und blickte von seiner Kritzelei auf. »Mrs. Zigfield, haben Sie eine Ahnung, was mit der alten Dame geschehen sein könnte, die diesen Laden führt?«

Mrs. Zimmermann schüttelte den Kopf. »Nicht den Hauch einer Ahnung. Wieso? Können Sie sie nicht finden?«

»Nein, keine Spur von ihr. Aber keine Sorge, wir werden sofort eine amtliche Bekanntmachung zu ihrer Verhaftung herausgeben. Junge, Junge, war die plemplem! Haben Sie das ganze Zeugs hier gesehen?« Er deutete auf den Haufen, der am Fuß der Eingangstreppe lag.

Mrs. Sipes sah Mrs. Zimmermann mit weit aufgerissen Augen an. »Mrs. Zimmermann, können Sie sich einen Reim darauf machen? Meinen Sie, Mrs. Bigger war eine Hexe?«

Mrs. Zimmermann blickte ihr geradewegs in die Augen. »Eine *was*?«

»Eine Hexe. Nun, sehen Sie sich doch bloß all diese Sachen hier an. Ich kann mir nicht vorstellen, warum jemand sonst sich all dieses Zeugs ...«

Mrs. Zimmermann stieß ein schnalzendes *Ts-Ts* aus. Sie schüttelte langsam den Kopf. »Mrs. Sipes«, erwiderte sie mit entsetzter Stimme, »ich weiß nicht, was Sie Ihrer Tochter beibringen, aber wir leben im zwanzigsten Jahrhundert. Hexen gibt's doch gar nicht!«

XIII. KAPITEL

Als die Pottingers später an diesem Morgen auf der Farm ankamen, entdeckten sie Mr. und Mrs. Sipes, ihre acht Kinder, Mrs. Zimmermann und Rose Rita vorne auf der Terrasse, wo sie alle um ein Radio herum hockten und sich einen Bericht anhörten über einen Fall, der als ›die Hexe von Petoskey‹ bekannt geworden war. Die Pottingers waren ohnehin ziemlich nervös, doch als sie vernahmen, dass ihre Tochter kurze Zeit die Gefangene einer Verrückten gewesen war, die glaubte, eine Hexe zu sein – tja, da überfiel sie noch nachträglich das große Bibbern. Mrs. Zimmermann gab ihr Bestes, um sie zu beruhigen. Sie wies sie darauf hin, dass Rose Rita und sie doch nun in Sicherheit seien und das ganze Abenteuer – so schlimm es auch gewesen sein mochte – vorbei war. Mr. Pottinger hätte die ganze Angelegenheit gern auf Mrs. Zimmermanns ›Spinnerei‹ geschoben, aber ihm blieb bei dem ganzen Durcheinander und bei all der Aufregung und den tränenreichen Wiedervereinigungen um ihn herum gar keine Zeit, irgendjemandem die Schuld zu geben. Mr. Sipes, der früh am Morgen von seiner Geschäftsreise zurückgekehrt war, nahm Mr. Pottinger mit hinaus, um ihm die Scheune zu zeigen – außerdem sollten sie alle zum Mittagessen bleiben.

Gegen zwei Uhr machten sich die Pottingers dann schließlich mit Rose Rita auf den Rückweg nach New Zebedee. Rose Rita und Aggie waren beide den Tränen nah, als sie am Autofenster voneinander Abschied nahmen, und sie versprachen einander, viel und oft zu schreiben. Das Letzte, das Aggie den Pottingers mit auf den Weg gab, als sie gerade losfahren wollten, war: »Ich hoffe, dass Sie unterwegs keinen Platten kriegen. Die sind immer so schrecklich mühsam zu reparieren.« Mrs. Zimmermann blieb zurück. Sie erklärte ziemlich geheimnisvoll, dass sie noch »etwas zu erledigen« habe. Rose Rita war sich fast sicher, dass es etwas mit dem Zauberring zu tun haben musste, aber die Erfahrung hatte sie gelehrt, dass Mrs. Zimmermann ihr erst dann mehr erzählen würde, wenn sie dazu bereit war.

Ungefähr eine Woche nach ihrer Rückkehr nach New Zebedee erhielt Rose Rita einen purpurrot umrandeten Brief. Darin befand sich ein Blatt lavendelfarbenes Briefpapier mit den folgenden Worten:

Liebes,

ich bin wieder zu Hause und auch Luis ist zurück – zumindest für eine Weile. Wie es scheint, ist die Pumpe, die das Ferienlager mit Wasser versorgt, kaputtgegangen, und sie schicken die Kinder nach Hause, bis sie repariert ist. Über kurz oder lang wird Luis für den Rest der Ferien ins Lager zurückkehren, aber hiermit möchte ich dich offiziell zu einer Willkommen-daheim-für-eine-Weile-Party einladen, die ich am kommenden Samstag für Luis in meinem Häuschen am Lyon-See geben werde. Plane ein, über Nacht zu bleiben. Wenn deine Eltern einverstanden sind, werde

*ich dich nach dem Mittagessen mit Bessie abholen. Es wird
bestimmt ein Riesenspaß. Vergiss deinen Badeanzug nicht.*

> *Deine*
> *Florence Zimmermann*

*PS: Bring bloß keine Geschenke für Luis mit. So wie es aus-
sieht, bringt er ohnehin schon genug Kram aus dem
Ferienlager mit nach Hause.*

Rose Rita hatte keine Schwierigkeiten, von ihrer Mutter die Erlaubnis zu bekommen, eine Nacht in Mrs.
Zimmermanns Häuschen zu verbringen. Und so machte sie sich am Samstag mit dem Koffer in der Hand
zum Lyon-See auf. Den ganzen Weg bis zum Häuschen bemühte sich Rose Rita, von Mrs. Zimmermann
zu erfahren, was diese über den Ring herausgefunden
hatte. Aber Mrs. Zimmermann schwieg sich über das
Thema ganz beharrlich aus. Als sie in die Einfahrt des
Häuschens einbogen, parkte da bereits ein Auto. Es
war Jonathans Wagen.

»Hallöchen, Rose Rita! Mannomann, du siehst ja
klasse aus!« Da war Luis. Er trug seine Badehose.

»Hallo, Luis«, schrie Rose Rita zurück und winkte.
»Wo bist du denn so braun geworden? Etwa im Ferienlager?«

Luis grinste. Er hatte gehofft, dass sie es bemerken
würde. »Gut geraten! Hey, beeil dich mal und spring in
deinen Badeanzug. Du weißt doch: Hüpfst du zu spät
ins Wasser rein, mach ich aus dir Hühnerklein!« Luis
wurde plötzlich schrecklich rot und hielt sich die Hand
vor den Mund. Jonathan hatte ihm die Geschichte von
Gertie Bigger und dem Ring erzählt und ihm fiel auf,
was er da gerade gesagt hatte.

Rose Rita warf Mrs. Zimmermann einen raschen Blick zu. Die hustete aber gerade recht vernehmlich und versuchte gleichzeitig, sich die Nase zu putzen.

Schnell schlüpfte Rose Rita in ihren Badeanzug, rannte den Hang hinunter und sprang ins Wasser. Luis war schon drin. Er schwamm! Weg vom Ufer und wieder zurück und weg und wieder zurück. Es sah zwar mehr aus wie Hundepaddeln, aber für Luis war es eine stramme Leistung. So lange Rose Rita ihn kannte, hatte er nämlich Angst vor dem Wasser gehabt. Wenn er überhaupt hineinging, stand er bloß da und plantschte oder ließ sich ein wenig auf einem Autoschlauch im seichten Wasser dahintreiben.

Rose Rita war überglücklich. Sie hatte sich schon immer gewünscht, dass Luis schwimmen lernen würde. Natürlich fürchtete er sich noch vor dem tiefen Wasser, aber er wurde mutiger. Nächstes Jahr wollte er auf jeden Fall seinen Freischwimmer machen, versicherte er ihr.

Später saßen Rose Rita und Luis in Badetücher gehüllt auf dem Rasen. Jonathan und Mrs. Zimmermann hatten ganz in der Nähe auf Gartenstühlen Platz genommen. Jonathan trug seinen weißen Leinenanzug, den er nur zu besonderen Gelegenheiten im Sommer anzog. Beim letzten Mal hatte er ihn zum Jahrestag des Siegs über Japan im Zweiten Weltkrieg aus dem Schrank geholt – deshalb sah der Anzug ziemlich gelblich aus und roch nach Mottenkugeln. Mrs. Zimmermann trug ein neues, purpurfarbenes Kleid. Das alte, das sie im Urlaub öfter angezogen hatte, war in den Mülleimer gewandert, denn damit verbanden sich nun zu viele unangenehme Erinnerungen für sie. Sie machte einen ausgeruhten und gesunden Eindruck. Auf einem kleinen Tisch, der zwischen ihr und Jonathan stand, standen ein Krug mit Limonade und ein Teller, auf dem sich Schokoladenplätzchen türmten.

Luis betrachtete Mrs. Zimmermann mit einem ehrfurchtsvollen Blick. Er wollte nichts dringender, als sie danach zu fragen, wie es gewesen war, ein Huhn zu sein, aber ihm fiel einfach keine halbwegs höfliche Art und Weise ein, wie er diese Frage stellen könnte. Außerdem war sie, was dieses Thema anging, gewiss sehr empfindlich. Daher aß Luis bloß seine Plätzchen, trank seine Limonade und schwieg.

»Also schön, Florence«, sagte Jonathan und paffte ungeduldig seine Pfeife. »Wir brennen alle darauf, es zu erfahren. Was hast du über den Ring rausgefunden, hm?«

Mrs. Zimmermann zuckte mit den Schultern. »Fast gar nichts. Ich habe Oleys Haus vollkommen auf den Kopf gestellt, aber das Einzige, was ich gefunden habe, war das hier.« Sie zog aus den Tiefen ihrer Kleidertasche etwas hervor und reichte es Jonathan.

»Was soll denn das sein?«, erkundigte sich dieser und drehte die vier ausgesprochen rostigen Eisenringe in seiner Hand hin und her. »Etwa Ausschussware aus Oleys Zauberringfabrik?«

Mrs. Zimmermann lache. »Nein … ich glaube nicht. Ich habe sie in einer Schüssel ganz hinten in Oleys Küchenschrank gefunden. Willst du wirklich wissen, was ich glaube, um was es sich dabei handelt?«

»Schieß los.«

»Also schön. Die Wikinger trugen doch immer Brustplatten aus Leder mit aufgenähten Eisenringen. Ich glaube, sie nannten die Brustplatten Harnische. Na, jedenfalls sehen diese Ringe so aus wie die, die ich mal in einem Museum in Oslo gesehen habe. Ich denke, Oley hat sie ausgegraben. Mit den Pfeilspitzen – und dem Ring.«

»Oh, oh, jetzt mach aber mal halblang, Florence. Ich weiß, dass ich wohl einen Bart habe, aber der ist weder lang noch weiß, und ich habe beinahe noch alle Tassen im Schrank. Willst du uns etwa weismachen, dass die Wikinger diesen Ring aus Amerika mitgebracht haben?«

»Ich will dir gar nichts weismachen, Zauberbart. Ich zeige dir lediglich, was ich gefunden habe. Du kannst denken, was du willst. Ich sage ja bloß, dass diese Ringe aussehen wie Wikinger-Artefakte. Die Wikinger sind doch in der ganzen Welt herumgekommen. Sogar bis nach Konstantinopel. Und viele Schätze der Alten Welt haben ihren Weg dorthin gefunden. Es gibt natürlich noch hundert anderer Wege, wie sie an den Ring gekommen sein könnten. Genau weiß ich's auch nicht. Wie ich schon sagte, du kannst denken, was du willst, zum Kuckuck nochmal.«

Mrs. Zimmermann und Jonathan verstrickten sich in eine lange, sinnlose Diskussion darüber, ob die Wikinger jemals bis nach Amerika gekommen waren oder nicht. Mitten in die Debatte hinein platzte Luis.

»Entschuldigen Sie, Mrs. Zimmermann, aber …«

Mrs. Zimmermann schenkte Luis ein Lächeln. »Ja, Luis? Was ist?«

»Ich frage mich … sind Sie sich sicher, dass es wirklich König Salomons Ring war?«

»Nein, sicher bin ich mir nicht«, erwiderte Mrs. Zimmermann. »Sagen wir mal, ich denke, es ist ziemlich wahrscheinlich. Immerhin hat sich der Ring so benommen, wie sich König Salomons Ring benehmen sollte. Daher gehe ich davon aus, dass es sich um denselben Ring handelt. Andererseits gibt es eine Menge Geschichten über Zauberringe, die tatsächlich existiert haben sollen. Einige dieser Geschichten sind wahr und einige falsch. Es hätte auch einer dieser anderen Ringe sein können, wie etwa der Ring der Nibelungen. Wer weiß? Ich bin mir allerdings ziemlich sicher, dass es ein Zauberring war.«

»Und was hast du mit dem verflixten Ring angestellt?«, fragte Jonathan.

»Ha! Ich habe schon darauf gewartet, dass du mich das fragen würdest. Also schön, wenn du's unbedingt wissen willst – ich hab ihn in Oleys Kochherd geschmolzen. Gold hat ja die Eigenschaft, bei ziemlich niedrigen Temperaturen zu schmelzen. Und wenn mich meine Zauberkenntnisse nicht ganz verlassen haben, verliert ein Ring seine Macht, wenn er seine Ursprungsform verliert. Aber um ganz sicher zu sein, hab ich den Ring (oder was davon übrig war) zusammen mit ein paar Senkgewichten aus Blei in ein Marmeladenglas gesteckt. Dann habe ich mir ein Ruderboot geliehen und bin auf die Little-Travers-Bucht hinausgerudert, um das Ganze ins Wasser zu plumpsen lassen. Ein Glück, dass wir das los sind, wie mein Vater immer zu sagen pflegte.«

Luis konnte nicht mehr länger an sich halten. Rose Rita hatte ihm erzählt, dass Mrs. Zimmermann nicht imstande gewesen war, einen neuen Zauberschirm herzustellen. Das tat ihm Leid. Er wünschte sich so sehr, dass Mrs. Zimmermann die größte Zauberin der Welt wäre. »Mrs. Zimmermann«, platzte er heraus. »Wie konnten Sie den Ring bloß kaputtmachen? Sie hätten ihn noch benutzen können, nicht? Er war doch nicht wirklich böse, oder? Sie hätten was richtig Gutes damit anstellen können!«

Mrs. Zimmermann warf Luis einen verdrießlichen

Blick zu. »Weißt du, wie du dich anhörst, Luis? Du hörst dich an wie diese Leute, die uns ständig weismachen wollen, dass die Atombombe eigentlich eine ganz wunderbare Sache ist, dass sie nicht wirklich böse ist, auch wenn man sie für böse Zwecke benutzt hat.« Mrs. Zimmermann stieß einen tiefen Seufzer aus. »Ich vermute«, sagte sie bedächtig, »ich *vermute*, dass Salomons Ring – vorausgesetzt, dass er es auch wirklich war – zu einem guten Zweck hätte verwendet werden können. Darüber habe ich auch nachgedacht, bevor ich das Ding geschmolzen habe. Aber ich sagte mir: ›Hältst du dich wirklich für eine solch engelsgleiche Kreatur, dass du dir zutraust, dem Drang zu widerstehen, schlimme Sachen mit diesem Ring anzustellen?‹ Dann fragte ich mich: ›Möchtest du wirklich für den Rest deines Lebens auf diesem verflixten Ding hocken und ständig fürchten müssen, dass jemand wie Gertie Bigger daherkommt und es dir wegnimmt?‹ Die Antwort auf diese beiden Fragen lautete ›nein‹, und deshalb habe ich mich entschieden, den Ring loszuwerden. Wie du ja vielleicht schon gehört hast, Luis, besitze ich nicht mehr allzu viele Zauberkräfte. Und weißt du was? Das ist eine Erleichterung! Ich werde den Rest meiner Tage damit verbringen, Streichhölzer aus der Luft hervorzuschnipsen und versuchen, Zauberbärtchen hier beim Pokerspiel zu schlagen. Nicht etwa«, fügte sie mit einem verschmitzten Blick auf Jonathan hinzu, »dass eins dieser Dinge einem großes Talent abverlangen würde.«

Jonathan streckte Mrs. Zimmermann die Zunge heraus und dann begannen beide zu lachen. Ihr Gelächter war so fröhlich, dass Luis und Rose Rita mit einstimmten.

Dann schwammen sie noch einige Runden und aßen

jede Menge Plätzchen. Nachdem die Sonne untergegangen war, entzündete Jonathan unten am Strand ein Lagerfeuer und sie rösteten gemeinsam Marshmallows und sangen Lieder. Luis verteilte an alle Geschenke. Es waren Dinge, die er selbst im Pfadfinderlager gebastelt hatte. Jonathan bekam einen Aschenbecher aus Kupfer und Mrs. Zimmermann eine Halskette aus purpurnen und weißen Muscheln. Rose Rita schenkte er einen Ledergürtel und einen Halstuchring, den er geschnitzt hatte. Er war grün angemalt mit gelben Pünktchen und einem Knubbel auf der Vorderseite, der wie ein Frosch aussehen sollte. Na ja, zumindest hatte er Augen.

Später am Abend, nachdem Luis und Jonathan zurück nach Hause gefahren waren, saßen Rose Rita und Mrs. Zimmermann am verlöschenden Lagerfeuer. Um den dunklen See herum konnten sie die Lichter der anderen Häuschen sehen. Von irgendwoher ertönte das schläfrige Dröhnen eines Motorboots.

»Mrs. Zimmermann?«, sagte Rose Rita.

»Ja, Liebes? Was ist?«

»Ich würde Sie da gern noch ein paar Sachen fragen. Zuerst mal, wie kommt's, dass der Ring Sie nicht genauso belämmert gemacht hat wie mich, kaum dass ich ihn berührt hatte? Sie hatten ihn doch von mir gekriegt und in der Hand gehalten, aber Sie haben ihn bloß angeschaut, als ob er gar nichts Besonderes wäre und ihn dann einfach in die Tasche gesteckt. Wie kommt denn das?«

Mrs. Zimmermann seufzte. Rose Rita hörte, wie sie mit den Fingern schnipste, erblickte das kurze, winzige Aufflammen eines Streichholzes und atmete Zigarrenrauch ein. »Warum er keine Wirkung auf mich hatte, willst du wissen?«, fragte Mrs. Zimmermann, während sie paffte. »Das ist eine sehr gute Frage. Ich denke, es liegt daran, dass ich zufrieden und glücklich mit mir bin. Du musst wissen, ein solcher Ring vermag seine Macht nur bei einem Menschen auszuüben, der nicht zufrieden ist mit sich selbst.«

Rose Rita errötete. Sie schämte sich immer noch für das, was sie da mit dem Ring hatte tun wollen. »Haben Sie Onkel Jonathan je erzählt, was … was ich gerade vorhatte, als Sie mich aufgehalten haben?«

»Nein«, erwiderte Mrs. Zimmermann mit sanfter Stimme. »Das habe ich nicht. Was ihn angeht, so glaubt er, dass dich der Ring zu einem geheimnisvollen Treffen mit dem Teufel verschleppt hat. Vergiss nicht, du hast nie ausgesprochen, was du tun wolltest, auch wenn es mir nicht schwer fällt zu erraten, was es gewesen ist. Du solltest deswegen kein schlechtes Gewissen haben. Es gibt eine Menge Menschen, die sich Schlimmeres als du gewünscht hätten. Weitaus Schlimmeres.«

Rose Rita schwieg eine Weile. Schließlich sagte sie: »Mrs. Zimmermann, glauben Sie, dass es in diesem Herbst für mich in der Schule schlimm werden wird? Und was ist, wenn ich erwachsen bin? Werden die Dinge dann anders sein?«

»Mein Liebes«, sagte Mrs. Zimmermann sehr bedächtig und überlegt, »ich mag eine Hexe sein, aber eine Prophetin bin ich nicht. In die Zukunft zu blicken, das hat mir noch nie gelegen, selbst damals nicht, als ich noch meinen Zauberschirm hatte. Aber ich sag dir eins: Du hast eine Menge wundervoller Eigenschaften. Wie du versucht hast, Bessie zu steuern, zum Beispiel. Eine Menge Mädchen deines Alters hätten Angst gehabt und hätten es nicht mal versucht. Das hat eine Menge Mut erfordert. Genauso wie der Einbruch in

Mrs. Biggers Laden, als du mich retten wolltest. Und lass dir noch was gesagt sein: Die Frauen, die Geschichte gemacht haben – Frauen wie Johanna von Orléans und Molly Pitcher –, an die erinnert man sich heute bestimmt nicht aus dem Grund, weil sie sich die ganze Zeit so nett die Nase gepudert haben. Und was den Rest angeht, wirst du eben abwarten und Tee trinken müssen und sehen, wie sich dein Leben entwickelt. Mehr kann ich dazu nicht sagen.«

Rose Rita erwiderte nichts darauf. Sie stocherte mit einem Stock in der Asche herum, während Mrs. Zimmermann rauchte. Nach einer Weile standen beide auf, schoben etwas Sand mit dem Fuß über das Feuer und gingen zu Bett.